The Call of the Wild

野性的呼喚

親子
圖文本

導讀

勇闖北方大地，一段壯麗動人的冒險之旅

《野性的呼喚》在美國被選為二十世紀百大小說，曾經多次被改編為電影，在許多國家上映，也是美國作家傑克．倫敦（一八七六～一九一六年）於一九〇三年發表的著名小說。

傑克．倫敦出生在窮苦農家，小時候靠著送報和在牧場打工以賺取微薄的收入。二十世紀初，北美地區的淘金熱潮吸引了無數的冒險家，他們前仆後繼的湧向北方尋寶，每個人都渴望挖到一座金礦，一夜致富。傑克．倫敦在二十一歲時也勇敢的前往阿拉斯加，展開了淘金之旅。因為對動物懷有深厚的感情，傑克．倫敦也創作出幾篇以動物為主角的冒險小說，其中《野性的呼喚》正是

融合了作者對狗兒的豐沛情感和細膩的觀察，以及他在北方地區淘金的深刻體會。

故事裡，原本養尊處優的狗主角——巴克，被從南方賣到北方當雪橇犬，牠除了要忍受嚴寒的天氣和壞主人的鞭打外，還要經歷野生動物之間至死方休的鬥爭。但是，一次又一次的殘酷考驗並沒有擊倒巴克，反而讓牠的意志力鍛鍊得更強悍，並用血和淚譜寫出了生命的澎湃樂章。

如果你沒有跟狗兒長時間相處過，你可以從故事中體會到巴克在野地求生的心路歷程；如果你很喜歡狗兒，更可以跟著巴克一起到北方冒險。或許有一天，當你跳脫文明生活的舒適圈時，你也會變得跟巴克一樣機靈和堅強！

故事主角巴克是聖伯納犬和蘇格蘭牧羊犬的混血，體型大而壯碩，學習能力高超，而且性格敏感、機智和勇敢。原本生活在溫暖安逸的南方，卻被賣到了寒冷蠻荒的北方，展開了牠的冒險。

博洛特

桑頓

斯匹茲

目錄

第1章　落入蠻荒地

被賣掉的巴克

巴克沒有看報紙，否則牠就知道大禍即將臨頭了。

因為人們在未知的北極探索，發現了一種黃色金屬，然後這種金屬又在輪船和運輸公司的大力宣揚下，吸引了成千上萬的人，跑來這北部地方尋寶，所以這些人需要大量強壯又不怕寒冷的狗來拉雪橇，於是便從美國西岸的普吉灣一路找到了聖地牙哥。

巴克住在北加州的聖塔克拉拉谷，跟主人一家住在一棟大房子裡，房子座落在馬路後面，藏身在樹林裡頭，只見一條砂石鋪成的車道穿過寬廣的草皮。屋後空間比屋前要大上許多，不但有個大馬廄，還有僕役的住所，以及一片果園。

這一大片區域都是巴克的地盤，這裡是牠出生的地方，牠的父親是一隻巨大的聖伯納犬，而母親是一隻蘇格蘭牧羊犬。

溫暖的太陽照耀著大地，四歲的巴克在草地上奔跑，在莊園裡自由走動。在這個家裡，牠至少有二十隻狗朋友，有日本哈巴犬、墨西哥犬，還有一些長得像狐狸的小型短腿犬。

主人一家都很寵愛巴克，這讓巴克過著志得意滿的生活，渾身充滿王者的霸氣與高傲。

不過，巴克並沒有因為受寵而變成懶散、肥胖的貴公子，相反的，牠喜歡跟著主人去打獵，也喜歡玩水、洗冷水澡，這讓牠總是精神奕奕，肌肉也更加結實了。

這是巴克生活在一八九七年秋天的場景，但令人難以預料的是，一個賭鬼的私心，終結了巴克的幸福時光。

一天晚上，一個園丁的助手，趁著沒人在家時，悄悄帶著巴克走出家門，來到大學公園的小車站。

巴克以為這只是另一次散步，沒想到有一個陌生男子正在暗處等著他們。他們交談之後，陌生男子把錢拿給了助手。

「在你把牠交給我之前，應該先綁好吧？」陌生男子說。

於是，助手用粗繩在巴克的脖子上繞了兩圈，對他說：「你只要拉緊，牠就會窒息。」

巴克從出生到現在，已經習慣信任自己認識的人，所以當粗繩在牠脖子上繞了兩圈，牠也沒有怎麼樣。可是，當繩子的那一端被交到陌生人手上時，牠發出了恫嚇的叫聲來表達自己的不滿，對牠來說，這樣的表達其

實就是命令對方住手。可是讓牠意外的是，對方不但沒有住手，還勒緊了繩子。於是巴克生氣的撲向陌生人，但還沒撲到他，他就搶先一步更加用力勒緊繩子，這讓巴克無法呼吸，只能拚命掙扎。最後，巴克怒視著他們，無力的躺在地上，漸漸失去意識。

巴克從來沒有被人這樣對待，接下來，牠只隱約感覺到自己的舌頭受傷了，然後就被人丟進了某種交通工具，直到牠聽見火車的汽笛聲，才知道自己在火車上。

過沒多久，陌生人過來檢查巴克的喉嚨狀況時，巴克就趁機飛快的咬了上去，咬在他的手上，緊緊不放，直到牠再一次被勒暈，才鬆口放開。

「哼！你這隻臭狗。」陌生人一邊生氣的說，一邊把受傷的手藏到背後，因為行李員聽到聲音，正走過來瞧瞧。

「我正要帶牠去舊金山找老闆，那邊有個一流的獸醫說他可以治好牠！」陌生人說著。

災難來臨

當陌生人坐在舊金山一家濱海酒館後面的小屋裡，說起火車上的情形時，手上的傷口還用手帕包紮著。

「這隻可以賣到一百五。」酒館老闆說。

「那也要我沒得到狂犬病吧……。」陌生人說。

「你應該會吧！你這該死的傢伙。」老闆笑著說，「在你離開前，過來幫我一把吧！」

巴克被勒得昏昏沉沉，喉嚨和舌頭都痛得很難受，牠被繩索勒昏了好幾次，直到被人套上了又重又沉的銅製項圈、關進像籠子一樣的木箱，才取下了繩子。

在這漫漫長夜，巴克靜靜躺著，舔著自己受傷的自尊，怒火中燒。牠還想不透這是怎麼一回事，也不知道這些人為什麼要綁走牠，心中有許多的疑問，但牠可以感覺到現在是暴風雨前的寧靜。

夜裡小屋的門被「喀拉喀拉」的打開好幾次，巴克每次都希望是主人來了，可是每次都是酒館的老闆來查看情況。

老闆讓巴克自己待著，等到隔天早上，就被四個人連箱帶狗搬上一輛貨車。然後又被送上輪船，最後再一次搭上了火車。火車跑了兩天兩夜，巴克既沒有吃到任何東西，也沒有喝到一滴水，只能對著那些逗弄牠的人發怒吼叫，但這沒有任何幫助，巴克反而因為太累太氣而發燒病倒了。

儘管如此，又餓又渴的巴克還是怒火難消，心中想著一定要找機會狠狠的報復。

紅毛衣壯漢

最後巴克在西雅圖被搬下火車，運到一個高牆環繞的後院裡，裡有一個穿著紅毛衣的壯漢正在等著牠。

壯漢簽收後，拿來了斧頭和棍子。

四個搬送巴克的人中，其中一個問：「你現在就要放牠出來嗎？」

「當然。」壯漢說完就用斧頭狠狠劈向木箱。

巴克在箱內四處閃躲，大聲吠叫，直到箱子破了一個大洞。

「出來吧！你這紅眼魔鬼！」壯漢放下右手的斧頭，把左手的棍子換到右手。

巴克見狀，帶著怨恨奮力向他撲過去。

結果巴克突然挨了一棍，倒在地上。但牠從來沒被打過，所以不知道發生了什麼事，只感到很訝異。可是牠沒有屈服，再一次站起身來，往壯漢飛撲過去，然後再一次被打倒在地。不過，這次巴克看明白了，原來自己是被壯漢手上的棍子打到，才會受創倒地。可惜巴克已經被憤怒沖昏了頭，所以還是不斷撲向壯漢，被他一次又一次擊倒在地。

巴克被打得昏昏欲墜，血不斷從鼻子、耳朵和嘴巴流出，一身的美麗皮毛也都濺滿了血漬。

最後一次起身跳躍，巴克還是被擊倒，這次牠再也沒有力氣爬起來了。

於是那個壯漢蹲在巴克面前，柔聲對牠說：「不打不相識，現在起我是主人，你乖乖聽話，我們就相安無事，但如果你不乖，我還會讓你吃苦頭。懂嗎？」

說完壯漢就給巴克拿來了水和生肉，於是巴克大口喝水，大口吃肉。

不過，這並不表示巴克被擊垮了。巴克心裡知道，自己雖然被擊倒，

但牠沒有屈服。經過這次經驗，巴克明白了「勝者為王，敗者為寇」的原始法則。

接下來幾天，又有很多狗被陸續送來，有些跟巴克一樣兇猛，所以穿著紅毛衣的壯漢也一次又一次的表演著他拿手的馴狗好戲。於是，巴克心裡深深明白了一個道理：拿棍子的人就是老大，是必須服從的主人。

巴克每天看著許多陌生人來找這個壯漢，給了他錢就帶走了一些狗，然後就再也沒有回來，不知道被帶去了哪裡，所以巴克每天都對未來懷有恐懼，同時也一直慶幸自己沒有被那些人帶走。

弱肉強食

但那一天終究還是來臨了。

「我的老天啊！這真是隻健壯的狗！」那個人大聲說著，「多少錢？」

「三百。」

就這樣，巴克和另一隻溫馴的紐芬蘭犬柯利被那個叫做博洛特的人給帶走了，而那是牠最後一次見到穿著紅毛衣的壯漢，也是牠和柯利最後一次看著西雅圖這個溫暖的南方之地。

當巴克牠們被帶到名為獨角鯨號的船上，馬上又被交給另一個黑臉大漢弗朗索瓦，一個法國和加拿大的混血。然後牠們又加入了另外兩隻狗的行列，其中一隻是全身雪白的大狗，叫做「斯匹茲」，是船長從斯匹茲堡帶回來的，曾參與地質調查的活動，而另一隻叫「戴夫」的狗則是對什麼都提不起興趣。

獨角鯨號不分晝夜的航行著，日子過得也沒有什麼不同，巴克雖然不知道目的地在哪，卻很明顯感覺到天氣一天比一天冷。

終於有天早上，船停了，巴克和其他狗一樣，都感覺到氣氛的變化，然後牠們被弗朗索瓦帶上甲板。當巴克腳下傳來一陣冰冷時，腳也陷進了白色的泥巴中，牠用鼻子吸著冰冷的空氣，看著白色的東西飄下，於是牠嗅一下，用舌頭舔了一口，結果感覺像火一樣，卻入口即化。這讓牠感到困惑，所以牠又試了一次，感覺還是一樣，結果牠的動作讓周圍的人都笑了，巴克不明白，因為這是牠第一次見到雪。

在戴亞海岸這裡的日常生活和巴克以往居住的文明世界很不一樣，人和狗都很野蠻，除了棍棒和利牙的紀律外，這裡幾乎沒有規矩可言。

這一天，巴克的好朋友柯利，突如其來的被一隻哈士奇犬給咬傷了，傷口從眼睛撕裂到下巴。這種像狼一樣的攻擊方式，巴克從來沒見過，而

且很快的，其他大約三、四十隻哈士奇犬也都圍了過來，一副等著看好戲的模樣。等柯利倒下後，這些哈士奇犬就全部蜂擁而上。

巴克嚇呆了，只見弗朗索瓦拿著斧頭衝過去，跟其他三個揮著棍子的人一起驅散作亂的狗。

但是來不及了，柯利已經倒在地上，動也不動，雪地上都是鮮血，看起來非常可怕，讓巴克經常做惡夢。

加入雪橇隊

雪地上的日子，不會因為一隻狗的死去而停下腳步。

正當巴克還在難過柯利的死時，弗朗索瓦已經拿來了拉雪橇的裝備，牢牢套在牠的身上。這些裝備巴克以前曾在家中看過，是馬夫們用來套在

馬兒身上的，所以牠很快就知道該怎麼做了。

弗朗索瓦十分嚴厲，揮舞著大鞭子要求狗兒一定要聽話，不容許牠們有一點點怠惰。

拉著雪橇雖然傷了巴克的自尊，但牠還是認命的拉著，因為牠知道反抗會有什麼下場。所以牠拉著雪橇，載著弗朗索瓦到山谷邊的森林，從那裡把木頭載回來。

戴夫是雪橇隊裡最有經驗的舵犬，排在巴克的後面，每當牠做錯了動作，戴夫便會輕咬一下巴克的後腿，藉此來告誡牠。斯匹茲則是經驗老到的領隊，跑在巴克前面，當巴克無法跟上時，就會對牠咆哮，用吼聲嚴厲斥責，或是用自身的重量壓住韁繩，把巴克拉回該走的路線上。

在嚴格的訓練下，巴克學得很快，已經懂得「走」和「停」的指令，也知道要用大弧度轉彎，然後下坡的時候，牠也知道要避開加速往前跑的戴夫，這樣才不會讓滿載貨物的雪橇撞到牠們的腳。

「這三隻狗太棒了！」弗朗索瓦對博洛特說，「尤其是拼命拉雪橇的巴克，跑得飛快。」

結果到了下午，博洛特為了加快送件，又帶了兩隻純種哈士奇犬回來，牠們雖然是同母兄弟，個性卻截然不同。比利溫和、友善，喬愛耍心機，脾氣很壞，總是吼個不停。巴克想跟牠們當朋友，斯匹茲則是想給牠們下馬威，所以追咬著比利，讓牠跑得遠遠的。不過，喬就沒那麼好欺負了，牠隨時保持警戒，緊盯著斯匹茲的一舉一動，所以斯匹茲只好放棄，轉頭回去欺負比利。

沒想到博洛特在晚上又帶回了一隻愛斯基摩犬，取名叫索萊克斯，牠跟戴夫一樣，喜歡單獨行動，討厭受到打擾，就連斯匹茲也離牠遠遠的。不過牠有一個特別的地方，是巴克不小心發現的，那就是牠不喜歡有東西靠近牠的視線死角，因為巴克就是因為這樣被咬了一大口，所以從那之後，巴克都會主動避開。

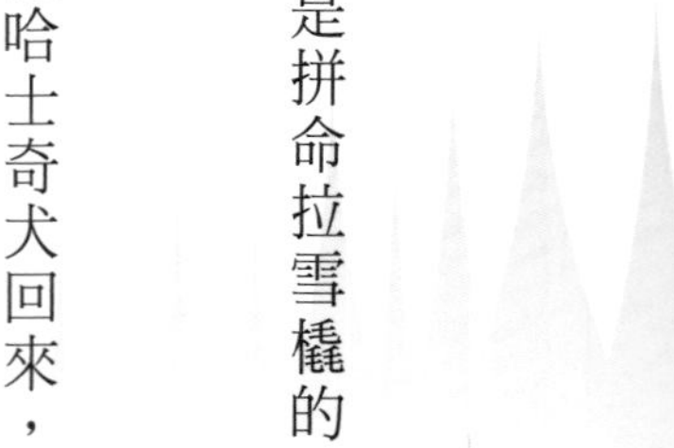

夜晚來臨了，博洛特和弗朗索瓦睡在帳篷裡，透著燭光的帳篷顯得很溫暖。巴克想鑽進去睡覺，卻被轟了出來。

雪地裡吹著刺骨寒風，巴克被咬傷的位置凍得發疼，卻找不到一個溫暖的地方睡覺，無奈之餘突然想到，其他的同伴又是怎麼睡覺的？所以巴克回去找牠們，卻驚訝發現大家都不見了。忽然，巴克不小心踩空，一腳陷入了雪洞中，然後覺得腳下好像有什麼東西在動，所以趕快縮腳跳開，這才發現比利躺在裡頭，蜷縮成一團毛球。比利一見到是巴克，就搖搖尾巴釋出善意，還上前舔了牠幾下。

這讓巴克又學了一課，所以牠也找了一個地方，挖了個洞，舒服的躺了進去，讓身體散發的熱氣充滿整個小洞。原來只要用對方法，雪地下面也可以是溫暖的睡床！

巴克睡著後就沒再睜開眼，直到牠被吵雜聲喚醒，心中湧現一股恐懼，

那是牠過去未曾經歷過的恐懼，因為牠來自安逸的文明生活，沒有什麼需要害怕，但現在牠卻喚醒了自己的野性本能，所以牠繃緊肌肉、豎起全身的毛警戒著，然後吼叫一聲朝著上方透光的雪層跳去。於是跳出雪洞的巴克，看到周圍的帳篷才想起來，自己現在在哪裡。

「我就說嘛！巴克學什麼都很快的！」弗朗索瓦得意的說著。

「真是隻可靠的狗。」博洛特滿意的點點頭。

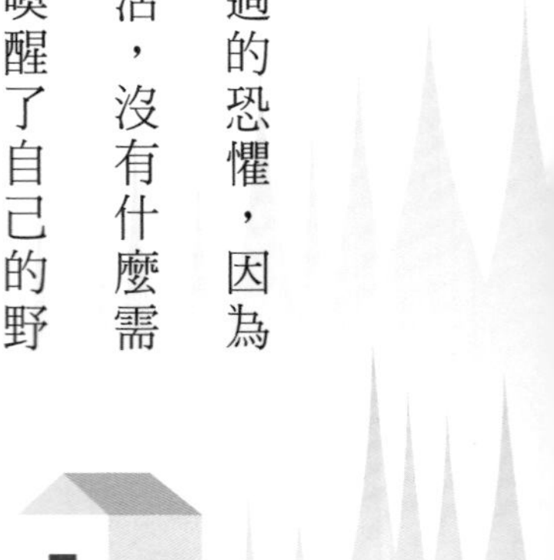

旅程開始

不久，又來了三隻哈士奇犬，現在雪橇隊裡總共有九隻狗，狗成員終於到齊，準備上路了。

巴克預料這會是一趟辛苦的旅程，但牠卻很期待，因為牠已經被整個團隊的活力所感染。

弗朗索瓦把韁繩一一套在狗的身上，掌舵的是戴夫，前面是巴克，再來是索萊克斯，然後才是其他成員，而斯匹茲依然是在最前面領隊。為了讓巴克學習，弗朗索瓦故意將牠安排在索克萊斯和戴夫之間，讓兩隻資深的前輩來教導牠。索克萊斯和戴夫對巴克非常嚴厲，所以巴克雖然吃了很多苦頭，卻也學得很快，上路才沒多久，牠就已經進步許多，不再犯相同的錯，更獲得了博洛特的讚賞。

雪橇隊在快狗加鞭的趕路下，攀上了峽谷，穿過了牧羊場，越過了海拔界線和森林界線，跨過了冰河和幾百呎深的雪堆，翻過了宏偉的奇爾庫特分界，抵達了位於貝內特湖的大本營。這裡聚集了成千上萬的淘金客，準備在春天融冰後，航行到另一處去尋寶。

隔天一早天還沒亮，巴克就被喚醒，雪橇隊又匆匆上路了。一天又一天，巴克每天都跟同伴努力拉著雪橇，但這樣的日子好像沒有盡頭似的。巴克每天都筋疲力盡，抵達駐紮的營地時，牠總是盡快吃飽然後挖個地洞縮進去睡覺。分配給每隻狗吃的乾鮭魚一向不夠充足，誰吃得慢，食物就會被其他狗給搶走。總是吃不飽的巴克，也從同伴身上學了一招，趁著主人不注意時，俐落的叼走一大塊肉，結果沒有人會懷疑牠，反倒是常常偷肉被抓到的另一隻狗塔布，成了巴克的代罪羔羊。

在這冰天雪地，巴克本能的拋棄了過去的道德感，牠唯有適應才能讓

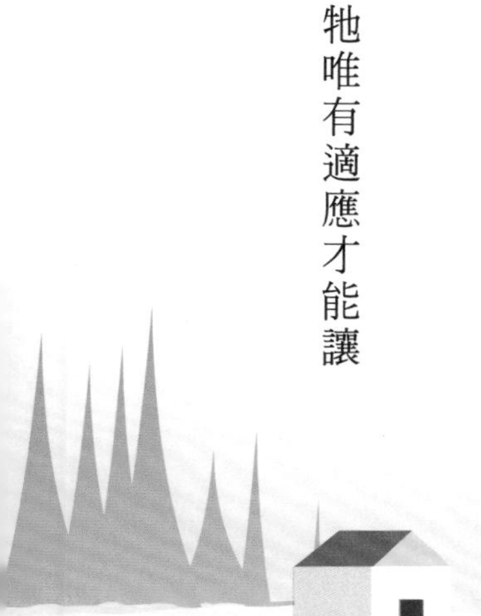

牠活下來，他的偷搶都是在棍棒和利牙下的選擇，所以牠學得很快，這樣才能填飽肚子活下去。現在的巴克什麼都吃，所以牠的肌肉日漸強壯，就連視覺、嗅覺和聽覺也都變得異常敏銳。

在寒冷的夜裡，巴克仰望著星空，像野狼一樣嚎叫，就彷彿那些已經化為塵土的祖先，穿越了好幾個世紀，現在透過巴克在對星空嚎叫著。巴克的嚎叫也是牠祖先們的嚎叫，訴說著牠們族類的哀怨，以及對死亡和嚴寒的深刻體會。

哪些狗狗常被訓練成為雪橇犬呢？

知識小學堂

什麼樣的狗適合當雪橇犬？

能勝任拉雪橇工作的雪橇犬，必須有強健的四肢、健壯的體格才能拉得動雪橇，還要有厚實的皮毛才能在寒冬中穿越冰河。

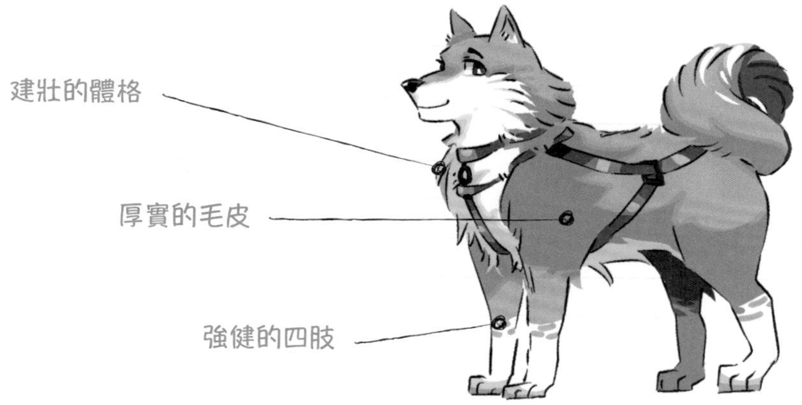

雪橇犬隊通常十隻為一隊，兩隻為一小組並行，由一隻經驗老到的狗帶領另一隻較沒經驗的狗。雪橇犬需經過長時間訓練和性格的養成。而領隊犬除了具備吃苦耐勞的體力，還要能準確判斷方向和掌握前進速度，才能擔起領隊的重責大任。

第2章　雪地的挑戰

餓狗襲擊

巴克體內本來就潛藏著強大的野性本能，而且在這樣極端的環境下，那野性本能也變得更加強大，但巴克自己並不知道，牠只是忙著適應艱困的雪地生活，並盡量避免衝突。

作為領隊的斯匹茲，也許早看出了巴克是個厲害的對手，所以一有機會就對牠示威，想要挑起爭端。

然而，當牠們抵達拉貝日湖那晚，斯匹茲趁著巴克吃晚餐時，偷偷占了牠挖好的睡窩。巴克發現後，怒吼一聲撲了上去，這個舉動不但嚇到了斯匹茲，也嚇到了巴克自己，因為巴克一直以來都小心避免衝突，所以那瞬間牠也不曉得自己為何會主動挑起爭鬥，而巴克之前的避讓則讓斯匹茲以為牠是隻膽小怕事的狗，所以當巴克撲向牠時，牠感到非常意外。

當弗朗索瓦看到兩隻狗糾纏成一團時，他也很驚訝，但他很快就知道牠們是在為了睡窩打架，所以對著巴克大喊：「上啊！巴克！給牠點顏色瞧瞧！咬牠！」

可是正當兩隻狗還來不及分出勝負時，博洛特已經揮起了棍棒，因為這時有八、九十隻飢餓的哈士奇犬闖進了營地，要搶奪食物。弗朗索瓦見狀也跟著拿起棍棒揮打，但這群餓慌了的狗，完全不顧疼痛，仍舊瘋狂的吃著麵包和燻肉。

這時雪橇隊的狗也從窩裡衝出來，想要擊退餓狗群，但卻不斷被逼退。巴克和三隻狗搏鬥著，牠的頭和肩膀都受傷了，戴夫和索萊克斯也流著血，每隻狗都傷痕累累。

巴克沒有退縮，繼續和餓狗奮戰著，沒想到卻被另一隻狗偷襲，對方狠狠咬住了牠的喉嚨，但那竟然是斯匹茲。

弗朗索瓦和博洛特在整理營地後，馬上趕來救他們的狗，這讓巴克有機會擺脫敵人，可是很快的，他們又遭到了襲擊，所以打算先撤退到營地旁的森林。當巴克跟其他同伴準備跟上時，斯匹茲忽然向牠衝過來，想要將牠撞倒。巴克很清楚，如果自己倒在餓狗群中，牠一定會沒命的，所以巴克咬牙擋住了斯匹茲的衝撞。

當大夥兒躲進森林後，雖然暫時安全了，但大家都傷勢慘重，塔布的後腿傷得很重，多里的脖子被咬出一個大傷口，喬的一隻眼睛瞎了，比利的耳朵被咬傷，狗兒們嗚咽著過了一夜。

天亮了，餓狗群總算離開了。

大家又回到營地，眼前的景象真是慘不忍睹，不只食物被吃掉大半，

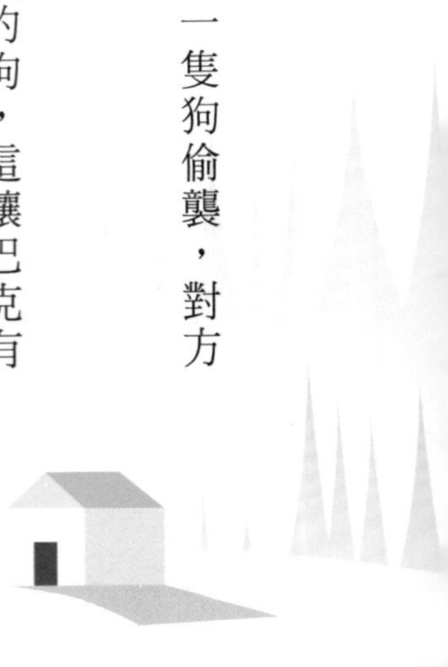

就連雪橇的韁繩、鞭子、帆布、鞋子也都被啃爛了。

弗朗索瓦很傷心，心疼的問著狗兒：「夥伴們，你們傷成這樣，之後可能都要發瘋了。博洛特，我們還到得了道森嗎？」

博洛特搖搖頭。

多里發狂

雪地的旅程沒有時間用來傷心，必須盡快整頓好，就算狗兒們受了傷，甚至有的可能感染了狂犬病，也要趕緊上路。

可是，雪橇隊要面對的是一段三十英里的艱難路程，是一條只有少部分結成厚冰的湍急河川。經驗豐富的博洛特走在前面幫忙開道，他拿著長棍小心探路，用腳踩踏冰面，判斷是否夠堅硬。要是有哪隻狗不小心跌進

了冰洞裡，就必須盡快救起來，讓牠圍著火堆邊跑邊出汗，並且烤乾身上冰凍的皮毛才行。

最危險的一段路是，走到一處前後冰面都斷開的地方，而唯一的出路就是爬上峭壁。於是博洛特率先爬上頂端，用繩索把狗一隻一隻的拉上去，接著再把雪橇和貨物拉上去，最後才是弗朗索瓦。

他們拚命趕路，一路上走過了胡塔林卡、大鮭魚區、小鮭魚區，第三天總算來到育空河被分成五條小河的地方。

巴克的腳沒有哈士奇犬強壯，所以，一抵達營地，就累得半死，一動也不動，就算很餓，也還是趴在那裡。弗朗索瓦只好幫牠把魚肉送來，而且不只每天幫牠的腳按摩，還用自己的鹿皮軟鞋幫牠做了四隻小鞋。就這樣，在巴克的腳鍛鍊強壯之前，都一直穿著。

一天早上，當他們在佩利河的營地時，多里突然發狂了，牠發出狼一

樣的嚎叫後撲向了巴克。從來沒看過狗發狂的巴克，拔腿狂奔，牠在結冰的河面上繞過三座小島想躲避攻擊，但多里瘋狂的緊追在後。當弗朗索瓦在後面邊追邊喊時，巴克聽到了他的聲音，所以馬上往回跑，多里當然緊追在後頭，於是弗朗索瓦大手一揮，將手上的斧頭劈在了發瘋的多里頭上。

巴克搖搖晃晃的走回營地，靠在雪橇上喘著大氣。沒想到斯匹茲卻藉機衝上前，咬住了巴克，把牠咬到見骨。

然後，弗朗索瓦的鞭子很快就狠狠的打在斯匹茲身上，巴克很欣慰的看著，這是牠加入雪橇隊以來所見過最嚴厲的懲罰了。

「真是個魔鬼！」博洛特說，「總有一天牠會咬死巴克的。」

「那巴克也是魔鬼，」弗朗索瓦說，「按照我的觀察，哪天巴克要是發起瘋來，一定會把斯匹茲一口口咬爛，讓牠永遠躺在地上。」

從這天起，這兩隻狗的鬥爭再也沒有停過。斯匹茲在隊中的領隊地位

受到了巴克的挑戰和威脅，因為巴克跟其他南方來的狗不同，牠的力量、野性和心機都跟哈士奇犬不相上下，牠的忍耐和退讓只是為了等待最佳時機，因為有朝一日牠將要搶下領隊的位置。

領隊爭奪戰

斯匹茲的領導地位開始動搖，這是無法避免的，因為這是巴克想要的，也是牠的天性使然。當巴克成為雪橇犬時，就感受到以雪橇犬為榮的那份自豪，就像戴夫作為舵犬的自豪，和索萊克斯奮力拉雪橇的自豪，也正是因為這份自豪，讓巴克開始和斯匹茲爭奪領隊的位置。

一天夜裡下起大雪，隔天早上，愛偷懶的派克沒有出現，牠繼續躲在雪堆下的窩裡睡懶覺，最後被斯匹茲把給拖了出來，準備教訓牠。結果，

巴克衝過來站在牠們之間，讓原本害怕的派克，突然有了勇氣撲向斯匹茲。

弗朗索瓦看到，一邊偷笑，一邊揮著鞭子維持紀律，巴克被打到最後只好退開，於是斯匹茲就好好教訓了派克。

雪橇隊繼續往道森地區前進，巴克也繼續挑戰斯匹茲的地位，只是牠學聰明了，常常趁著弗朗索瓦沒注意的時候偷偷進行，這讓斯匹茲無法教訓偷懶狗，然後其他狗也受到巴克影響而開始反抗、打架。

巴克不停的惹麻煩，弗朗索瓦一直在處理牠和斯匹茲的糾紛。也知道斯匹茲和巴克遲早會上演一場生死決鬥。

雪橇隊終於抵達道森地區，這裡有很多人，還有很多狗，每隻狗都在工作，牠們把大塊木頭運到蓋房子的地方，脖子上的鈴鐺從早到晚響個不停。巴克在這遇到很多來自南方的狗，但大多數還是野狼般的哈士奇犬，牠們不但身體強壯，還會在夜裡合唱起一首怪異的歌，那聲調充滿神祕感

又令人害怕，不過巴克很喜歡，還很樂意加入一起高聲合唱呢。

寒風中的北極光閃爍著，黑夜中，狗兒低沉、悲傷的合唱，就像是一首對抗艱苦生命的古老讚歌，這首牠們祖先很久、很久以前就唱過的歌，引起了巴克的共鳴，牠感覺到自己的痛苦，就跟祖先在荒野中的經歷相同。

休息一週後，博洛特帶著許多信件又要上路了，雪橇隊行駛在育空河上，往佩利河方向前進。巴克繼續製造混亂，讓其他狗都跟著反抗斯匹茲。

狗兒們越吵越兇，一直作亂，弗朗索瓦雖然一直用鞭子支持斯匹茲，但是效果卻不大。他知道是巴克在搞鬼，卻抓不到把柄，牠總是神情愉快，比以往更加賣力工作，因為這樣一團混亂的場面讓牠感到高興。

有天晚上，雪橇隊抵達泰肯山口休息時，狗兒們發現了一隻雪兔，開始追逐起來，其他營地的狗兒看到後也加入追逐，於是巴克領著六十多隻狗兒狂奔，牠的內心湧現獵殺的渴望，想以利牙殺死獵物。這是巴克甦醒

的野性和本能，所以牠的飛奔為自己全身的每塊肌肉、每個關節都帶來了快感。

斯匹茲雖然也很興奮，但牠並沒有和大家一塊行動，而是像白色幽靈般，在河流旁的一處彎道上埋伏著。等驚慌的雪兔從河岸上跳過來，一下子就把牠咬死。

當雪兔死前的哀號響徹夜空時，其他狗兒都發出歡愉的嚎叫聲，但巴克沒有，而是直接撲向斯匹茲，牠知道生死決鬥的時刻到了！於是兩隻狗互相撕咬著，滾動著。

這時，狗群全都圍了過來，這樣似曾相似的場景，給了巴克一種熟悉感，牠好像想起了早就遺忘的一切，不管是白色的森林、大地，還是月光和決鬥，對巴克來說都不再陌生。

巴克全力進攻，一次又一次的想咬住斯匹茲的喉嚨，卻被牠的利牙阻擋。雖然巴克不斷衝撞，卻都被斯匹茲給躲開了。幾個回合下來，巴克落於下風，費勁的喘著氣。

巴克雖然是靠本能在戰鬥，但牠也不笨，所以牠動動腦筋，假裝繼續衝撞，卻突然在斯匹茲面前蹲低身子，伏向前咬斷了斯匹茲的一隻前腿。巴克這次成功了，所以牠再施展一次，咬斷了斯匹茲的另一隻前腿。斯匹茲失去了希望，只能瘋狂掙扎著，但巴克奮力一撞，讓牠絕望的倒了下去，就在牠倒下去的瞬間，原本圍繞在外的黑色圓圈，突然縮成了一個黑點，而斯匹茲也在月光下，永遠消失在黑點裡頭。

勝利的巴克，靜靜看著，牠內在的原始野獸已經完成了牠的殺戮，而且牠覺得這樣很好。

成為領隊

隔天早上，當弗朗索瓦發現斯匹茲不見了，而巴克卻全身是傷，就知道斯匹茲的下場了。

「我就說巴克是魔鬼吧。」弗朗索瓦說，「好吧，現在沒有斯匹茲，也就沒麻煩了！我們的太平日子來了！」

當雪橇隊準備上路時，巴克獨自走到了斯匹茲原本的位置。

「走開！你殺死了斯匹茲，還想擔任領隊？回你原來的位置去。」弗朗索瓦生氣的說，並拿起棍子威嚇著，巴克只好退去。

弗朗索瓦打算讓索萊克斯來帶領隊伍，但當他要巴克回自己原本的位置時，牠卻不願乖乖聽話，開始跑給弗朗索瓦和博洛特追。

弗朗索瓦和博洛特花了兩小時，還是追不上巴克，最後兩人只好妥協，答應讓巴克擔任領隊。

巴克很高興，以勝利者的姿態，得意洋洋的走向領隊的位置。轠繩套緊了精神抖擻的巴克，雪橇隊也順利出發了。牠不負眾望，把雪橇隊帶領得很好，無論是判斷力、思考力、行動力都超過了斯匹茲。牠還訂下規則讓所有狗兒遵守，讓牠們變得安分團結。不僅懶惰的派克變得勤奮，就連壞脾氣的喬也變得聽話，齊心拉著雪橇。就算途中加入了兩隻新的雪橇犬，巴克的迅速還是讓弗朗索瓦感到吃驚。

「從來沒有狗像巴克這樣厲害！」弗朗索瓦對著博洛特驚呼，博洛特則是點頭回應。

這趟行程很順暢，路況踏實又堅硬，也沒有新雪，而且天氣不會太冷，加上河川的冰結得很結實，所以他們之前花了十天的來時路，現在只用了一天，創下紀錄。

提早抵達目的地的斯卡哥瑞城後，弗朗索瓦和博洛特一直和人飲酒作

樂，而雪橇隊的狗兒也成了被崇拜的對象。接著政府的命令來了，弗朗索瓦摟著巴克掉眼淚，把巴克和牠的隊友都交給了一名蘇格蘭的混血後，跟博洛特一起從巴克的生命中消失。

新的雪橇隊再次上路前往道森地區，載著沉重的郵件和貨物，要前去送給正在極圈黑暗天空下淘金的冒險家。

巴克雖然不喜歡這樣單調又乏味的日子，但牠還撐得住，因為牠跟戴夫、索萊克斯牠們一樣，擁有雪橇犬的自豪。

夜晚時分，在結束辛苦的工作後，巴克喜歡蹲在火堆旁，盯著那閃爍的火苗，回想著往事，像是法官主人的家、溫暖的陽光、過往的狗朋友們以及和斯匹茲的決鬥等等。

戴夫再見

這是一次艱苦的旅程，除了拖著後面的郵件外，雪橇隊每天都在趕路、趕路，巴克和夥伴們都疲累不堪。抵達道森時，牠們不但都瘦了，狀況也不太好，原本應該休息至少七到十天，沒想到在兩天之內，牠們又帶著郵件，沿著育空河畔直下。更糟的是，每天都下雪，讓雪道變得鬆軟難行，拉起雪橇更加吃力。

入冬以來，巴克和牠的夥伴們已經行走了一千八百英里，這麼艱辛距離，巴克雖然撐下來了，卻也累壞了，比利每天晚上都做惡夢，索萊克斯也變得更加不准別人靠近牠。但最糟的是戴夫，牠承受著不知名的痛苦，這讓牠變得更加陰沉和不耐。每晚一到營地，牠馬上就倒在窩裡昏睡，需要有人餵牠吃飯。

戴夫在途中變得十分虛弱，一路上跌倒了好幾次。蘇格蘭混血想讓牠休息一會，便讓索萊克斯來暫代牠的位置。可是戴夫並不想休息，那個位置是屬於牠的，儘管牠已經病得很嚴重，但他身為雪橇犬的自傲一直都在。

於是戴夫走上前去，拚命想擠回自己的位置上，這讓蘇格蘭混血看了，也不忍心趕開牠。

在軟爛的雪地上，戴夫邊跑邊喘氣，虛弱的身體明顯跟不上牠的意志力。一陣子之後，戴夫還是倒下了，任由雪橇隊從牠身邊奔馳而過。但戴夫再一次起身，搖搖晃晃跟在後面。等到雪橇再次停下時，戴夫又回到了牠的位置，當駕駛雪橇的人回到雪橇，準備再次出發時，卻發現雪橇不能動了，他驚訝發現，戴夫把索萊克斯身上的韁繩都咬斷了。

不知所措的駕駛呆站在那裡，他的夥伴對他說起，當一隻狗因為太老或受傷而無法繼續工作時，你為了不害死牠而不讓牠工作，那麼被換下來

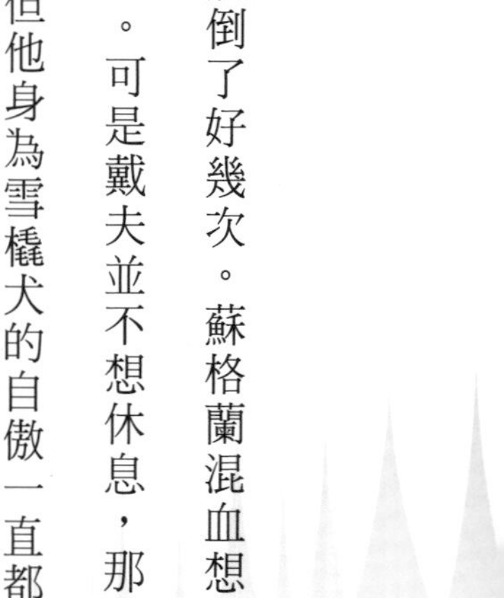

的牠早已經因為心碎而死了。既然戴夫就快死了，他們決定完成牠的心願，讓牠工作到最後一刻，所以他們重新幫戴夫套上了韁繩，讓牠重回隊伍。

一路上戴夫倒下了好幾次，被隊伍拖行在路上，還被雪橇壓過一次，造成牠的一隻腳跛行，但牠還是堅持到了營地。

第二天早上雪橇隊準備出發時，他們發現戴夫已經無法再繼續上路了，所以把牠留下了，但戴夫還是慢慢的朝隊伍爬去，當牠再也使不上力時，牠只能悲傷而痛苦的嚎叫，直到隊伍消失在牠的視線。

這時隊伍停了下來，蘇格蘭混血慢慢走回剛剛離開的營地，所有人的對話都暫停下來，只聽見一記槍聲響徹雲霄，蘇格蘭混血急忙走回隊伍，揮動鞭子，讓隊伍再次上路。

沒有人說起剛剛究竟發生了什麼事，但巴克知道，隊伍裡的每隻狗也都知道。

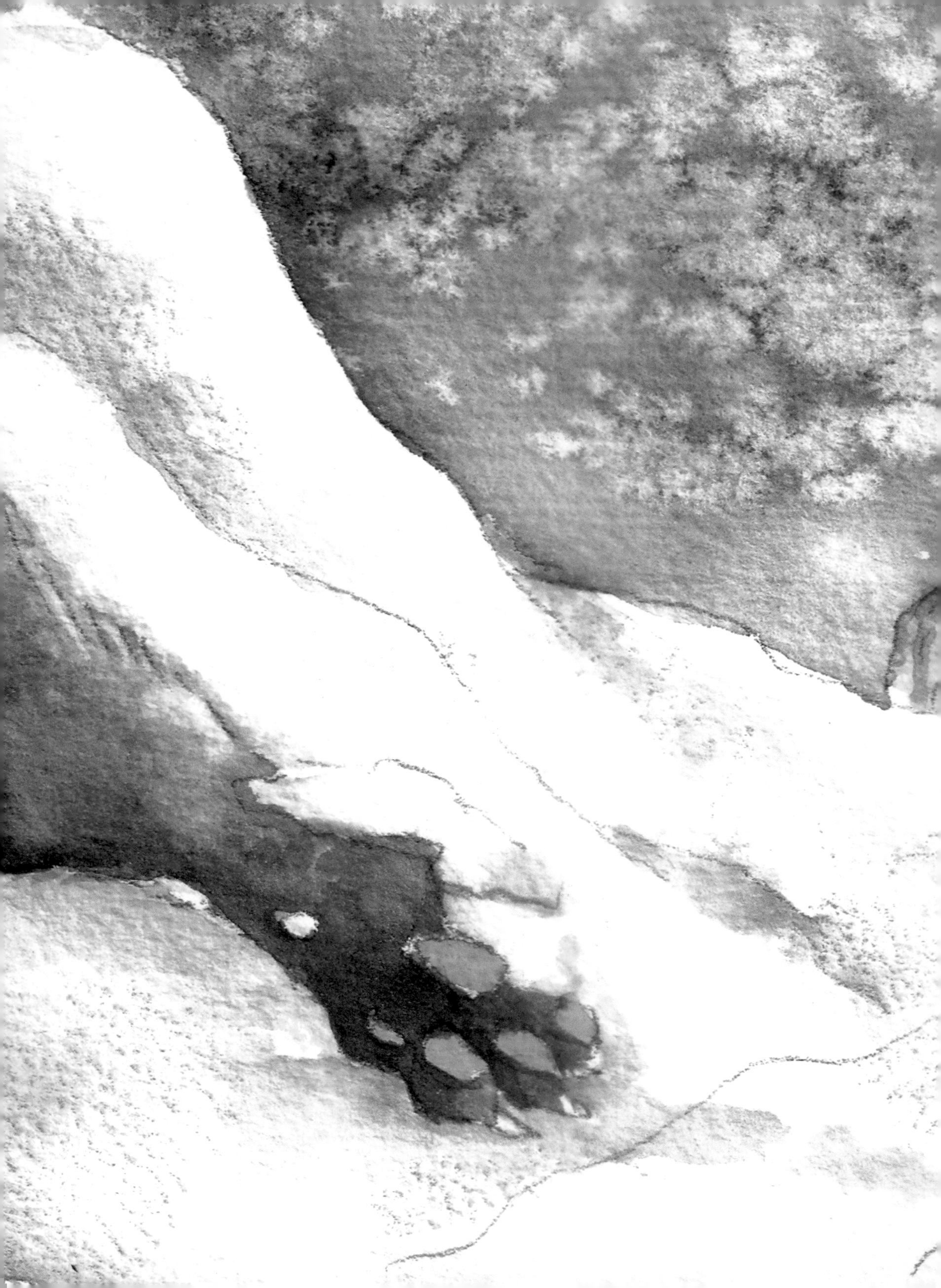

□ C 到度假村或水上樂園

□ D 到海生館或動物園

□ E 到博物館或美術館

▽答案詳見下一頁

好好玩心理測驗

你是哪一種汪星人？

期待已久的假期來臨了，你會選擇去哪裡放鬆身心，好好度個假呢？

□ A 到野外露營

□ B 到湖邊小木屋釣魚

☑ 選 D　到海生館或動物園

天生具有領導特質，善於在團體中分配任務及帶領夥伴達成目標。喜歡探險和鑽研各種學問，樂於當一個知識王。

你是牧羊犬

☑ 選 E　到博物館或美術館

感性、敏感又內向，善於觀察周遭的人、事、物，並從細節中察覺出獨特之處，擁有如藝術家般的心靈。

你是寵物犬

測驗分析

☑ 選 A 到野外露營

你是雪橇犬

個性獨立又樂於合作，善於在小團體的活動中發揮創意，遇到緊急狀況也能妥善處理，是大家心目中的好夥伴。

☑ 選 B 到湖邊小木屋釣魚

你是獵犬

具有衝動又謹慎的雙重個性，善於發掘藏在事物表面下的真相，總能一針見血的表達自己的觀點。

☑ 選 C 到度假村或水上樂園

你是鬥牛犬

外表看似狂野、時尚感十足，內心卻十分善良、親切。喜歡小孩和動物，總能適時的挺身而出，保護家人。

第3章 艱苦的旅程

新主人

離開道森地區三十天後，雪橇隊到達了史凱威。巴克瘦了一大圈，派克傷了一條腿、索萊克斯走路一拐一拐的，塔布也傷了肩膀。

在不到五個月的時間裡，牠們走了兩千五百英里，在最後一千八百英里時，也就休息了五天而已。大家都累得渾身痠痛，只要腳一踏在堅硬的雪道上，就痛得不得了。牠們幾乎拉不動雪橇了，下坡時也只能閃開不讓自己被撞到。

「前進啊！就要到了！很快就可以好好休息了！」駕駛雪橇的人鼓舞著牠們。

在史凱威有很多人要前往克朗代克淘金，所以有很多狗剛從哈德遜港灣來到這，準備被用來替換掉已經沒有用的老狗。

四天後的早晨，名叫哈爾和查爾斯的兩人用很低的價格，買下了巴克牠們。查爾斯是個皮膚白淨的中年人，眼睛無神，嘴唇藏在蓬亂的鬍子下。哈爾則是二十來歲，帶著手槍和獵刀，腰間皮帶整齊的排滿了子彈，一副未經世事的模樣。

當巴克牠們被帶到新主人的營地時，牠們見到鬆鬆垮垮的帳篷，還有亂七八糟的物品。那裡有個名叫梅塞德斯的女人，是哈爾的姊姊，也是查爾斯的妻子。

巴克看著他們做事，十分擔心，因為不管是拆卸帳篷還是安裝雪橇，

他們的動作都很笨拙，就連捲帳篷也捲得比別人大出三倍，而且餐具還沒洗就打包放上雪橇。梅塞德斯一直喋喋不休的指揮丈夫和弟弟，他們把物品裝上雪橇後，發現有些東西忘了裝，只好又把裝好的東西卸下來。

他們隔壁的帳篷裡，有三個人看到他們做事的模樣，一邊笑一邊看熱鬧。

「哈哈，雖然不關我的事，但換成是我，就不會把帳篷帶走。」其中一個人說。

「沒有帳篷晚上要睡哪？」梅塞德斯驚訝的問。

「現在是暖和的春天了！不會受凍的！」那個人又說。

梅塞德斯搖搖頭，拒絕放棄帳篷。然後查爾斯和哈爾把小山似的東西亂七八糟的堆在雪橇上。

「東西裝成這樣，走得動嗎？」有人問。

「怎麼不能？」查爾斯回答。

「我只是有點擔心，雪橇看起來頭重腳輕。」那人說。

查爾斯揮起鞭子，動作很笨拙。哈爾也揮起了鞭子，對狗兒喊著：

「走！出發！」

於是狗兒用力拉著，但是過了一會兒又放鬆下來，牠們拉不動雪橇。

「這些懶狗！看我怎麼教訓你們！」哈爾生氣的揮動鞭子。

梅塞德斯攔住哈爾，把鞭子搶了下來：「快住手！狗兒多可憐呀！你再這麼粗暴，我就不走了！」

「你少管閒事，牠們就是懶惰，需要鞭打。」哈爾冷笑著說。

梅塞德斯憐憫的看著狗兒。

「這些狗已經筋疲力盡了，讓牠們休息吧！」旁邊的人又說。

「休息沒用。」說著，哈爾又揮起鞭子。

狗兒再一次拉緊韁繩，但是雪橇就像拋錨的輪船，動也不動。不管哈爾的鞭子怎麼打，狗兒們怎麼拉，雪橇還是一動也不動。

梅塞德斯抱著巴克，心疼的哭了：「可憐的寶貝！再用點力氣吧！只要拉動雪橇，你們就不會挨打了。」

這時，旁邊有個一直不說話的人，忍不住開口說：「我不想多事，但為了那些狗好，我想跟你們說，你們可以幫牠們推一下冰凍的雪橇，這樣牠們才能拉得動。」

哈爾聽了那個人的建議，雪橇才開始緩緩前進。巴克和同伴拉著沉重的雪橇，走了一會兒，搖搖擺擺的到了一個轉彎的地方，在這種道路上，最需要一個有經驗的駕駛，才能確保雪橇不會翻倒，可是哈爾不是這樣的人。

雪橇直直衝了出去，沒捆緊的物品散落一地，只剩下雪橇板被狗兒拉著跑。

哈爾緊張的大喊：「停！停下來！」

巴克很生氣，牠猛然跑開，同伴也緊緊跟在牠身後，沒有一隻狗願意理睬哈爾的命令。

牠們衝上大街，衝過史凱威的主幹道，雪橇上的貨物散得到處都是。好心的路人一邊幫著攔住狗，一邊幫忙收拾物品。這時，又有人建議，如果他們還想去道森，最好把物品丟掉一半，並且再增加一倍的狗。

最後查爾斯和哈爾重新搭起帳篷，攤開所有物品查看。旁人勸他們扔掉沉重的罐頭、毛毯和餐具，因為這可不是火車的頭等艙啊！

當梅塞德斯的衣服被一件一件丟掉時，她忍不住大聲哭叫起來，但她還是只能擦乾淚水，扔掉了多餘的東西。

餓死的夥伴

重新整理完畢後，晚上查爾斯和哈爾又去買了六隻狗，加上原來的八隻，現在總共有十四隻狗了。

新來的狗有三隻短毛獵犬，一隻紐芬蘭犬和兩隻雜種狗，牠們看起來什麼都不懂。巴克想要盡快教會牠們拉雪橇的工作，但是牠們並不想拉雪橇，而且精神狀況也不好，根本幫不上忙。

但牠們終究還是踏上了連綿兩千五百英里的旅途，查爾斯和哈爾自顧自的高興著，因為他們沒見過有人像他們一樣，擁有十四隻狗，所以他們感到很驕傲。但在極圈旅行，不用十四隻狗來拉雪橇是有道理的，因為沒人帶得了那麼多狗糧。

不過，查爾斯和哈爾並不懂，他們只是紙上談兵，簡單計算了一隻狗

要吃多少食物、共有多少隻狗、需要多少天、總共要帶多少食物。

隔天早上，巴克帶領著長長的隊伍走在街上，前往道森的這條路，牠已經走了四次，再次踏上同樣的旅程，巴克完全提不起勁，只有無止盡的疲憊感。

巴克感覺這三個人根本靠不住，他們做每件事都馬馬虎虎，連搭個帳篷都搭到半夜，更別提雪橇上那些鬆散的物品了。他們常常一天走不了十英里，有時根本就沒辦法出發，因為他們花了很多很多時間在整理行李和拆帳篷。

就這樣，旅程的天數拖長了，狗糧也不夠吃了。新加入的六隻狗沒有經歷過飢餓的歷練，不但貪吃，胃口也很大。在食物不夠又十分疲累的情況下，身體很快就變得衰弱。

哈爾覺得狗拉不動雪橇是因為吃太得少，於是，給狗加了一倍食物。

梅塞德斯也常偷拿自己要吃的魚來餵狗。但他們不知道的是，巴克和同伴需要的不是更多食物，而是休息，因為沉重的貨物耗盡了牠們的力氣。

有一天哈爾終於發現，才走了四分之一的路程，狗糧就已經消耗掉一半。於是他減少了給狗的食物，但是又想讓牠們走快一些。可是少給食物很簡單，要牠們加快卻是根本不可能，因為他們早上無法提早出發，所以讓他們花了更多的時間趕路。

這時，塔布病倒了，牠的肩傷既沒有治療也沒有休息，狀況越來越糟，最後，哈爾用手槍結束了牠的生命。

然後，後來加入的六隻狗，在飢寒交迫下，一隻一隻餓死了，先是紐芬蘭犬，接著是三隻短毛獵犬，而另外兩隻雜種狗雖然努力堅持著，但最後還是死了。

這時候，蘇格蘭的優雅和高貴，在這三個人身上已經都看不見了，旅

行的樂趣和浪漫的情調也都消失了，他們變得尖酸刻薄，整天罵著髒話。

只要梅塞德斯一不留神，就給了查爾斯和哈爾爭吵的機會，每個人都覺得自己做得比較多。梅塞德斯有時候支持丈夫查爾斯，有時候又偏袒弟弟哈爾，他們的爭吵一刻也沒停過，結果劈柴生火的工作沒做完，帳篷也只搭了一半，連狗兒也沒人記得去餵食了。

梅塞德斯感到很委屈，覺得自己那麼漂亮、那麼溫柔，應該要倍受呵護才對呀！可是，丈夫和弟弟現在卻對她抱怨不停。

她不想再忍受這樣的生活，也沒心情關懷狗兒們，她痛苦又勞累，所以她開始堅持要乘坐雪橇。

梅塞德斯有一百二十英磅重，對虛弱又飢餓的狗來說，真是個沉重的負擔。她

整天坐在雪橇上，一直到雪橇停下了，她還是堅持坐在雪橇上。

兩個男人逮到機會把梅塞德斯拉下雪橇後，她就像個任性的孩子似的，一屁股坐在雪道上不肯起來。最後，查爾斯和哈爾只好卸下雪橇上的物品，再把她扶上雪橇。

在經歷過他們自己的不幸後，他們對待狗兒也變得更加冷酷無情了。哈爾認為一個人應該鐵石心腸，所以他用棍棒向狗兒灌輸他的想法。

當他們抵達育空河被分成五條小河的地方時，狗糧都吃光了。哈爾用手槍跟一個印第安老女人交換了冰凍的馬皮來給狗吃。這些從死馬身上剝下來的馬皮，不僅沒有營養，吃起來更像鐵皮，讓狗兒難以消化。

這段期間，巴克一直步履蹣跚的領著隊伍向前走，有時走不動了就倒在地上，任憑皮鞭或棍棒打在身上。牠原本茂盛而油亮的皮毛失去了光澤，布滿了乾掉的血跡。牠的體力耗盡了，肌肉消瘦了，透過缺乏脂肪的鬆弛外皮，每塊骨頭和肋條都露了出來，看了令人心碎。但巴克的心很堅強，那個紅色毛衣的人早就看出了這一點。

其他狗兒也有同樣的遭遇，牠們的骨頭都散了，對於皮鞭和棍棒所帶來的痛苦，也變得越來越遲鈍了。

當雪橇一停下，牠們就倒在雪地上像隻死狗，生命的火花虛弱得像是快要熄滅。當棍棒和鞭子落在牠們身上，生命的火花又忽然閃爍一下，令牠們踉蹌的站起來，搖搖晃晃的前進。

這一天，善良的比利倒地不起了，而哈爾已經沒有手槍了，於是就用斧頭砸死牠，把牠扔到路邊。巴克和其他同伴看在眼裡，心知下一個可能就是自己了。

隔天，庫納死了，喬也病得快死了，派克走路一拐一拐的，意識只剩一半清醒，再也動不了任何歪腦筋了。索萊克斯還是很努力，但是整天都

在嗚咽著，而提克雖然精神比較好，卻也挨上了更多的鞭子。巴克仍然走在最前面，只是再也不管紀律了，牠非常虛弱，看不清楚前方的路，靠著四肢模糊的感覺走在路上。

死裡逃生

春天來了，但是人跟狗都沒有發現。太陽每天都很早升起很晚落下，凌晨三點天就亮了，要到晚上九點才變黑，一整天都是陽光燦爛。

松樹流出樹汁，柳樹和白楊吐出幼芽，灌木叢和藤蔓披上了綠色盛裝。夜晚有蟋蟀低唱，白天有各種爬蟲聚集在陽光下沙沙作響，鷓鴣在樹林裡咕咕叫著，啄木鳥敲打著樹幹，松鼠在閒聊，小鳥在歌唱，南方飛來的大雁劃破晴空，鳴叫著從頭頂飛過。

育空河的冰融化了，河水在冰層下奔騰著，太陽在冰上散發光和熱，把冰面消融，讓一塊塊的薄冰落入了河水中。

在燦爛的陽光下，在清風拂面的微風中，兩個男人和一個女人，還有幾隻骨瘦如柴的狗兒，正步履蹣跚的一步一步走向死亡。

這裡是白河的河口，當他們踏進約翰·桑頓駐紮的營地時，桑頓正在削著一根樺木枝，想要做成斧頭的手柄。

隊伍一停下來，幾隻狗馬上就倒了下去，查爾斯坐下休息，撫摩著僵硬的雙腿，表情十分痛苦。

哈爾上前詢問桑頓：「聽說前方的冰層融化了，有人勸我們從別處繞過去。」

「沒錯！這河冰隨時會融化，只有傻瓜才會瞎碰運氣去冒險。現在就算把阿拉斯加所有的金子都給我，我也不會去走那邊，免得丟了性命。」桑頓回答道。

「不管怎樣我們還是要前往道森！」哈爾揮起了鞭子，大喊，「快起來！巴克，得趕路了！」桑頓繼續削著樺木枝，他知道不管多幾個傻瓜或少幾個傻瓜，世界依舊不會有任何改變。

第一個站起來的是索萊克斯，其他狗也很痛苦的慢慢站起來，但巴克

一動也不動，只是平靜的躺著，任由鞭子一下又一下的抽打著，牠沒有哀號，也沒有掙扎躲避。

桑頓看著，有好幾次想開口說些什麼，卻又打消了念頭。他眼光泛淚，看鞭子不斷抽打著，忍不住起身上前，卻又走了回來。

這是巴克第一次拒絕服從命令，哈爾非常生氣，把鞭子換成了棍棒，重重打在巴克身上，但牠仍然沒有任何動作。

巴克跟同伴一樣，幾乎沒有辦法再站起來，但不同的是，牠已經決定不再站起來了。當牠在河岸上拉著雪橇時，巴克有一種模糊的感覺，牠覺得災難就近在眼前了，因為牠整天下來都能感受到腳下的冰正在消融，所以就算牠的主人再怎麼驅趕，巴克也拒絕配合！當棍棒不斷落在巴克身上，牠的生命之火就好像要熄滅了，火光正在搖曳閃爍著。巴克感受到一種陌生的麻木感，就好像自己站在遠處，感受到自己正在挨打一樣，痛苦的感覺慢慢離牠而去，牠已經感受不到了。

就在這時候，桑頓突然像野獸一樣大喊，朝揮舞棍棒的哈爾撲去，憤怒的說：「你再打這隻狗，我就殺了你！」

「這是我的狗！」哈爾叫著，擦去嘴角流出的血，「別多管閒事，不然我就修理你！我要去道森！」

可是桑頓站在哈爾和巴克之間，沒有一點想要讓開的意思。於是哈爾抽出長長的獵刀，但桑頓很快用斧柄敲中了哈爾的手指關節，將獵刀打落在地。哈爾想去撿刀，桑頓又用斧柄打他一次，然後把獵刀撿起來，割斷了綁住巴克的韁繩。

哈爾沒有打算繼續這場架，既然巴克已經快死了，對他也沒用了，所以他帶著其餘的狗，拉著雪橇往河上緩緩走去。巴克聽見他們離去的聲音，抬起頭來看他們。走在前頭的是派克，殿後的則是索萊克斯，他們全都一拐一拐的、搖搖晃晃的前進著。梅塞德斯坐在滿載物品的雪橇上，哈爾控

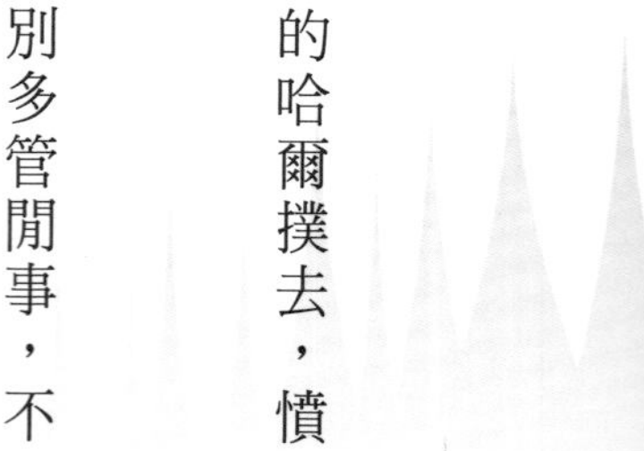

制著雪橇，而查爾斯則拖著步伐走在最後面。巴克看著，桑頓跪在牠旁邊，用粗糙但友善的雙手檢視著牠的身體，然後發現巴克除了遍體鱗傷和營養不良外，似乎沒有其他大問題。

當哈爾他們在冰面走了一小段時，巴克和桑頓突然看到雪橇後方墜入河中，接著是哈爾，然後就聽見梅塞德斯的尖叫聲，而查爾斯則是轉身向後跑著。

但是太遲了，冰面下陷變成一個大窟窿，狗和人已經全都消失。

桑頓和巴克對看了一眼。

「你這個可憐的東西！」桑頓說著，然後巴克就舔了舔他的手。

作法

① 湯底的所有食材洗好，切成小段或小塊，放入即將煮開的湯鍋中。煮滾後轉成小火，蓋上鍋蓋悶煮 5 ～ 10 分鐘。

② 將所有火鍋料的食材洗好，切成適量大小後備用。

③ 耐煮的食材，如：玉米、丸子等，先放入已煮好湯底的鍋中煮熟。再放入蔬菜、火鍋肉片、蛋等煮熟。

④ 將醬油、蔥、蒜、沙茶醬放在小碟子中，調製成沾醬。

⑤ 好棒呀！可以一起吃小火鍋囉！

寒冬料理王

動動手，和家人一起煮暖呼呼的小火鍋

冬天到郊外野餐，不一定要烤肉，煮個小火鍋來暖暖身體也不錯喔！

食材準備 （2～3人份）

☑ **湯底**

洋蔥半顆、白蘿蔔1條、番茄1顆、大白菜和香菇適量

☑ **火鍋料（可依照喜好準備）**

【肉 類】

豬肉片、牛肉片、鯛魚片

【蔬菜類】

玉米、玉米筍、茼蒿、高麗菜

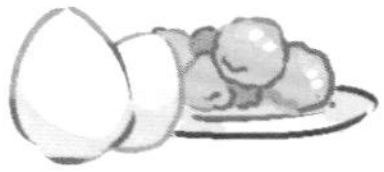

【配 料】

蛋、各類丸子

【沾 醬】

醬油、蔥、蒜、豆瓣醬

第4章　生命的摯愛

新主人的愛

當約翰．桑頓的腳在十二月初被凍傷後，他的同伴就讓他留在營地養傷，然後其他人便搭乘木筏，逆流而上，往道森而去。所以桑頓救巴克的時候，腳還有點跛。

在這漫長的春日中，巴克躺在河邊，看著奔騰的河水，聽著小鳥的歌唱和大自然中的低語，讓自己慢慢的恢復元氣。

對巴克來說，能在走過三千英里後這樣休息是件非常好的事。在牠懶洋洋等著傷口癒合時，不僅長肉了，也長出肌肉來了。在桑頓的同伴回來接他之前，巴克就這樣跟桑頓和他的兩隻狗一塊悠閒度日。

兩隻狗裡，史吉特是一隻小型的愛爾蘭雪達犬，牠在巴克奄奄一息時，不但和巴克做朋友，還像母貓清洗小貓一樣，幫巴克清理傷口。

尼克跟史吉特一樣友善，是一隻比較內向的大黑狗，牠是警犬和獵鹿犬的混血，有著一雙笑瞇瞇的眼睛和天生的好脾氣。

讓巴克吃驚的是，這些狗並不會嫉妒牠，而是和牠一起分享著桑頓的慈愛和寬厚。當巴克漸漸康復，牠們還會帶牠玩各種搞笑的遊戲，就連桑頓也忍不住一塊加入。在這樣的氛圍中，巴克第一次感受到真摯而熱忱的愛，這是牠在法官家中從來沒有經歷過的。以前牠和法官的兒子去打獵或健行時，他們是一種夥伴關係，然後和法官的孫子玩鬧時，那是一種守護關係，而法官的話，則是一種高尚的友誼。

不過，桑頓讓牠感受到的卻是一種炙熱的愛，一種近乎瘋狂的敬愛。

當然有一部分是因為桑頓救了牠的命，但更重要的是，他是一個理想的主人，他把狗都當成了自己的孩子，經常表達友好的問候和關懷，或是說些鼓勵的話。他還常常坐下來，跟狗兒聊很久很久。

桑頓會用頭頂住巴克的頭，然後用他粗糙的雙手把牠的頭搖來晃去。有時桑頓還會亂叫巴克的名字，巴克也非常喜歡他這樣亂叫。被這樣粗暴擁抱和笑罵，巴克覺得再快樂不過了。每當桑頓放開牠，巴克就會撲向他的腳邊，張口大笑，用眼神表達情感，再從喉嚨發出低鳴的振動，這時，桑頓就會驚呼：「天呀！你除了講話之外，什麼都會啊！」

巴克表達愛的方式，很像咬人。牠常常會用嘴咬住桑頓的手，在他手上留下很深的印痕。就像巴克知道桑頓用罵牠來示愛一樣，桑頓也知道巴克咬他的意義。

不過，巴克對桑頓的愛，有很大一部分是出於敬愛，所以當桑頓摸牠

或跟牠說話時，牠雖然會感到狂喜，但卻不會有任何撒嬌的動作。巴克不像史吉特會把鼻子塞到桑頓的手掌下推來推去，直到桑頓拍拍牠的頭，也不像尼克會把頭悄悄放到桑頓的膝蓋上休息，巴克只要保持距離，崇拜的看著桑頓，就已經感到滿足了。牠喜歡趴在桑頓腳邊，觀察他的表情和一舉一動。

從桑頓救了巴克以來，有很長一段時間，巴克都不喜歡桑頓離開牠的視線。桑頓走到哪裡，巴克就跟到哪。自從巴克來到北方後，牠心裡的恐懼就不斷擴大，牠很害怕沒有一個主人會留到最後，就像弗朗索瓦、博洛特他們一樣，所以牠很擔心桑頓有一天會從牠的生命中消失。於是到了晚上，巴克會從睡眠中醒來，悄悄跑到主人的帳篷外，站在寒冷的風中，靜靜聽著主人的呼吸聲。

神祕的呼喚

儘管巴克從桑頓身上得到了偉大的愛，但北方大地在牠身上喚醒的野性卻從未消失。

巴克的身上有很多狗牙咬過的痕跡，現在牠的戰鬥跟以前一樣凶猛，但卻更加老練。史吉特和尼克的天性善良，所以巴克不會和牠們爭吵，何況牠們都是桑頓的狗，但是在面對陌生狗的時候，不管牠們是什麼犬種，有多麼勇猛，巴克都會迅速讓牠們求饒。巴克對待敵人無情，是因為牠深深明白棍棒和利牙的紀律，所以牠從不退縮，因為退縮之後等待牠的就是死亡。在原始的生活裡，不存在慈悲，除了殺死對方就是被殺，除了吃掉對方就是被吃，這就是生存的法則。

當火堆升起，巴克坐在桑頓身旁時，牠是一隻胸膛寬厚的狗，有著一口白牙和一身長毛，但是在牠身後的那片陰影裡，卻有著各種狗的習性，不管是像狼犬的部分，還是像野生狼的部分，都在催促、鼓動著巴克，那些部分跟著牠一起品嘗肉的滋味，也跟牠喝著一樣的水，嗅著一樣的風，然後跟牠一起聽著森林裡的聲音，跟牠說那些聲音是什麼野生動物發出來的，並跟牠一塊趴下，一塊睡覺，一塊作夢，最後變成牠夢裡的事物。

這些陰影強力招喚著巴克，讓人類和他們的要求一天一天的慢慢遠離牠。在森林深處，有個既神祕又令人興奮的聲音在呼喚著巴克，想引誘巴克轉身背對火堆和人類踩踏出來的平地，然後一頭栽進森林裡。巴克不知道這強勢呼喚的聲音來自哪裡，也不知道其中的緣由，但牠也不在乎，因為桑頓的愛總是會把牠拉回火堆旁。

只有桑頓能留住巴克，其他人一點也不重要，所以就算路過的旅行者拍拍牠、誇獎牠，巴克也是冷淡以對。就連桑頓的夥伴漢斯和皮特坐著木

筏回來接他，巴克也忽視他們，直到發現他們兩人是桑頓的好朋友，才被動的接納了他們。

巴克對桑頓的愛越來越強烈，很多事情都獨厚他一人，只要桑頓下達指令，巴克就會毫不遲疑的執行。

在他們離開道森前往育空河上游的塔納納時，有一天，他們在一個峭壁頂上休息，而桑頓就坐在峭壁邊緣，旁邊緊靠著巴克。

桑頓往下一看，深度大約有三百英尺深，底下全是岩石，這時，桑頓突然有一個魯莽的念頭，想做個實驗，便叫漢斯和皮特把注意力放在他和巴克身上。

「跳啊！巴克！」桑頓突然把手臂往外一揮，對巴克發出指令。

結果下一個瞬間，桑頓的手已經飛快的拉住了跳躍的巴克，漢斯和皮特也馬上拉住他們，把他們拉回安全的地方。

「這太不尋常了！」皮特事後訝異的說。

桑頓搖搖頭說：「不，這雖然很不可思議，卻也很糟糕。你知道嗎，有時候連我自己都會感到害怕。」

「只要巴克在你身邊，我絕對不敢招惹你。」皮特說。

「我也是。」漢斯說。

就在年底之前，他們來到了阿拉斯加的環城，皮特的擔心在這裡成真了。

當桑頓在吧檯見到一個新手員工和客人起了爭執的時候，就好心上前幫忙，而巴克一如往常，趴在牆角盯著主人的一舉一動。

結果在毫無預警的情況下，那個客人出手打向了桑頓的肩膀，讓桑頓失去平衡差點跌倒。

就在旁觀者聽到一聲怒吼時，巴克的身體已經飛躍在半空中，張嘴往客人的喉嚨咬去。結果客人因為揮手夠快，才救了自己的命，但他已經被

巴克撲倒在地上，手臂也被狠狠咬了一口。巴克鬆口後，再次撲向他的喉嚨，這次他沒能完全擋下，於是喉嚨就被巴克撕破了。

這時，一群人圍了上去，趕快把巴克拉開。當醫生在檢查那個人的傷口時，巴克還是不斷咆哮，想再衝上前去，還好被現場一群手拿棍棒的人給逼退了。

後來，當地召開了一次

「礦工會議」，認為巴克火氣太大，所以不准牠進城，但巴克的威名卻已經傳遍了阿拉斯加的每一個營地。

神勇救主

這年秋天，巴克又救了桑頓一命。當時，他們三個人正協力要把一艘又長又窄的小船停靠在湍急的四十里河邊，漢斯和皮特在岸邊，試圖利用一條細繩把船跟樹繫在一塊，而桑頓則留在船上用撐竿操控著船，並對岸上大喊著船行的方向。巴克在岸邊焦急追著船，視線始終停留在桑頓身上。

當船行到一處岩石裸露的地方時，桑頓試著要把船撐到水流處，而漢斯則放下繩子，抓著繩子尾端沿著河岸跑向小船，想要在船離開岩石區的時候用繩子把船綁住。結果小船成功離開了岩石區，漢斯也成功用繩子拉

住了小船，可是小船卻因為停得太急，讓桑頓跌進了急流中。

巴克瞬間跳進湍急的河流裡，在距離三百碼的地方追上桑頓，桑頓拉住牠的尾巴後，巴克就用牠驚人的力氣游向岸邊。

可是河水非常湍急，他們並沒有前進多少，桑頓心知想要游上岸根本不可能，於是就在他撞擊到岩石的時候，放開了巴克，對牠大喊：「巴克！快走！快走！」

巴克本來被強大的水流衝向下游，可是當牠聽到桑頓的指令後，就努力把頭抬高看了桑頓最後一眼，然後聽話的朝岸邊游去。

皮特和漢斯將巴克拉上岸後，看著湍急水流中的桑頓，他雖然抱住了滑溜溜的岩石，但應該撐不了幾分鐘。於是，他們盡快跑到遠離桑頓的上游河岸，把那條原本拉住小船的繩子綁在巴克身上，然後讓牠跳進水中。

巴克勇敢的跳進急流中，但因為身體沒有直直入水，被水流改變了方

向，所以當牠靠近桑頓時，牠跟桑頓呈現平行，不但無法抵達他的位置還被水流給沖走了。

漢斯趕快拉住繩子，但繩子突然勒緊，讓巴克無法喘氣，於是巴克一動也不動的沉入水中，等牠被拉上岸時，已經溺水了，所以漢斯和皮特趕快對巴克急救，把牠吃進去的水壓出來，讓牠吸氣。然後巴克搖搖晃晃的站了起來，又倒了下去，可是當牠聽到桑頓微弱的聲音時，巴克就像受到電擊一樣，突然跳了起來，衝到牠剛才下水的岸邊。

巴克再一次套上繩子跳下水，這次牠記取教訓，直直的跳進水流中，然後從桑頓上方直線游向他。桑頓見巴克朝他衝過來，便張開手臂向前迎去，抱住巴克的脖子。

漢斯看了，立刻把繩子綁在樹上。於是巴克和桑頓在水中纏在一起，載浮載沉，幾乎溺水，就這樣被拖回岸邊。

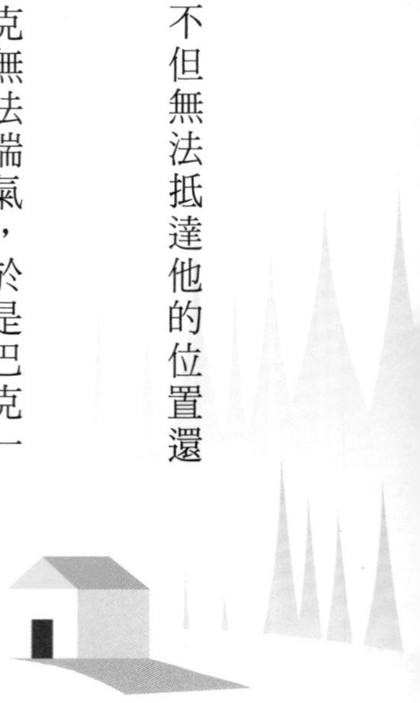

桑頓因為肚子撞到流木，昏了過去。醒來後，他馬上看向巴克，發現尼克正對著巴克了無生氣的身體哀號，而史吉特則舔著巴克濕答答的臉和緊閉的眼睛。於是桑頓跌跌撞撞的走到巴克面前，仔細檢查牠的身體，發現牠斷了三根肋骨。

「我們就在這裡紮營吧！」桑頓大喊。

就這樣，他們一直在這裡待到巴克康復，等牠能走了，才繼續上路。

桑頓的賭注

這年冬天，巴克在道森又展現了一次英勇的行為，或許不是什麼英雄事蹟，不過又讓牠在阿拉斯加的名聲更加響亮了。

事情的起因是，人們聚在愛多拉多酒館裡吹噓自己的愛犬，而名聲響亮的巴克自然成為大家談論的目標，有個人說他的狗能拉五百磅的雪橇，另一個就說六百，最後又一個說七百，桑頓忍不住就說巴克可以拉一千。「真的嗎？牠能拉著走一百碼嗎？」說七百的人說。

「當然！巴克可以拉著走一百碼！」桑頓說。

「我出一千美金賭牠不能！錢就放在這裡！」說七百的人說著，就砰的一聲將一袋金砂摔在吧檯上。這個人是馬森，他是某個礦場的淘金王。

桑頓聽完滿臉通紅，一股熱血湧了上來，因為他雖然對巴克的力氣很有信心，也認為牠有能力拉得動這麼重的東西，但他不確定，也沒機會試過。結果在場的人全都看著桑頓，等他開口回應，但桑頓還有一個問題，他根本沒有一千美元，漢斯和皮特也沒有。

「外面現在就有一架雪橇，上面載著二十個五十磅重的麵粉袋！這點你不用擔心。」馬森又說。

桑頓沒有說話。他不知道說什麼才好，只是茫然的看著屋裡每個人的臉。然後，他看到了吉姆的臉，吉姆是桑頓老友，也是另一個礦場的淘金王。於是桑頓走上前，用幾乎聽不到的聲音問他：「你能借我一千美金嗎？」「當然可以！」吉姆說完，砰的一聲，把一個裝滿金砂的袋子，也摔在吧檯上。然後對桑頓說：「雖然我也不太相信，但我覺得你的狗能做到。」

愛多拉多酒館的人全都跑到外面，還有人當起莊家，另外開起賭局。好幾百人全都聚在一起，等著看這場測試。

雪橇在零下六十度的酷寒中，已經凍成硬實的雪堆了。大家都賭巴克拉不動雪橇，所以賠率是二比一。

這時候吉姆認為桑頓有權利敲敲雪橇的滑雪板，讓它鬆動一下，再讓巴克拉動，但馬森不同意，他認為條件就是要維持冰凍的狀態。於是賠率又升高到了三比一，沒有人相信巴克能拉得動雪橇。

「三比一！」馬森得意洋洋的說，「按照這個賠率，我再額外加碼一千美金，你覺得怎樣？」。

桑頓半信半疑，卻被激起了鬥志，所以他跟漢斯還有皮特把全部二百美金的財產都賭了上去，所以馬森就按照三比一的賠率，加碼了六百美金。

原本雪橇隊的十隻狗，現在都鬆綁了，只有巴克戴著繩具，站到了雪橇前。巴克可以感覺到大家興奮的情緒，所以牠覺得自己一定要為桑頓做件大事。

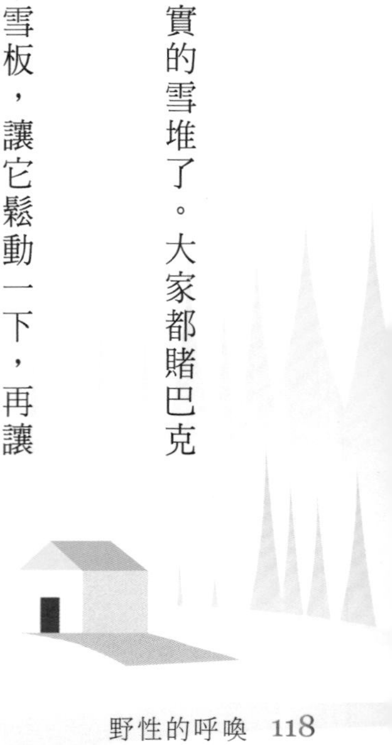

巴克的狀況絕佳，不但體力充沛，體態健美，而且體重有一百五十磅，肌肉非常的健壯，光是站在那裡，就讓人覺得虎虎生風。於是，賠率在巴克站出來後，又降到了二比一。

大家都知道巴克是一隻優秀的狗，但是二十袋五十磅重的麵粉，在他們眼中實在是太重了！

桑頓跪在巴克旁邊，雙手捧著牠的臉，跟牠臉貼臉，但是沒有像平常嬉鬧那樣，搖晃牠的頭，也沒有對牠多說什麼，只是在耳邊對牠輕聲說了：「表現出你愛我，巴克，表現出你愛我！」

人們好奇的看著巴克和桑頓，覺得這件事變得越來越神祕，好像在施法一樣。當桑頓站起來的時候，巴克用戴了手套的手抓了抓自己的下巴，然後輕輕的咬了一下，再慢慢鬆開了牙。這是巴克給桑頓的回答，不是用言語，而是用愛。於是，桑頓退後，對巴克說：「去吧！巴克！」

巴克先繃緊挽繩，然後再放鬆幾英吋的長度，這是牠以前學到的技巧。

「跳！」桑頓喊了一聲。

接著巴克先向右擺動一下，然後再往上跳，用自己一百五十磅的身體讓身後的貨物振動，於是滑雪板發出了清脆聲響。

「走！」桑頓又喊了一聲。

巴克又重複一次動作，但是這次是往左跳，於是滑雪板又發出清脆的聲響，這次雪橇破冰而出，向左滑動了幾英吋。大家都屏息看著。

「就是現在，前進！」

桑頓的指令就像一聲槍響，巴克拚命向前，全身肌肉繃緊出力，繩索緊緊貼在胸口，胸口壓低，幾乎就要貼到地面，巴克的爪子在手套裡用力抓緊地面。接著，雪橇發出刺耳的吱吱聲，不斷搖動著，然後緩緩的向前滑動。一英寸……兩英寸……巴克感覺到阻力正在減小。當雪橇獲得動力

時，牠就使勁向前拉，直到雪橇穩穩的沿著大道動了起來。

這時大家才大口喘著氣，用力呼吸著，沒有人發覺到，剛才他們都緊張得忘了呼吸。

桑頓跑在巴克後面，用短促而熱烈的話語鼓勵著巴克。

當巴克接近那堆用來標記距離一百碼的柴火時，立即響起一陣歡呼，等牠通過時，歡呼的聲浪成了震動天地的吼聲。賭輸的人全部泣不成聲，馬森也是。賭贏的人興奮的把帽子和手套拋向天空，不管對方式誰，大家都互相握手、擁抱！

桑頓跪在巴克旁邊，熱淚盈眶，跟牠頭頂著頭，用手把牠搖得前仰後翻，而巴克則是咬住桑頓的手。

現在他們有了足夠的錢，可以買下全套的設備，讓他們前往嚮往已久、還沒被開發的東方處女地。

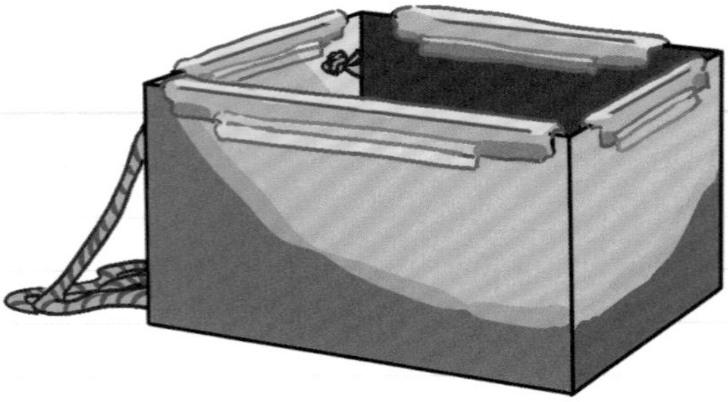

③ 用泡棉（或泡泡紙）包在紙箱邊緣，再用膠帶黏好、固定。

④ 穿上長袖、長褲，坐上自製的滑草板，找一塊有坡度的草坪滑滑看喔！

超刺激的滑草遊戲

DIY 做滑草板很簡單，完成後，就可以找一塊大草坪進行滑草遊戲囉！

滑草板作法

① 選一個夠大的紙箱、一條繩索、一捲膠帶、一些泡棉（或泡泡紙）。

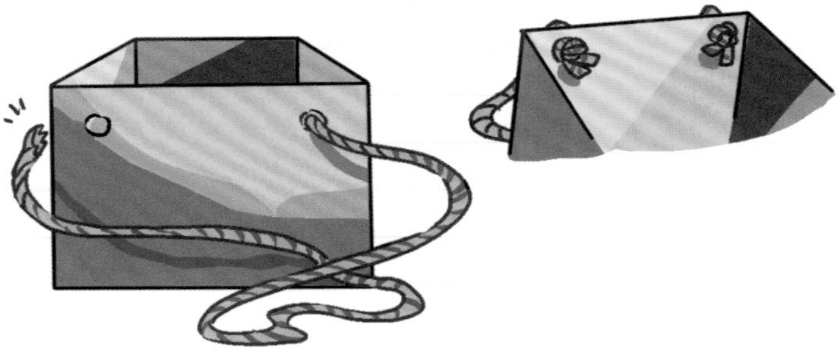

② 在紙箱前方打兩個小洞，由外向內穿入繩索後，兩端在紙箱內面打結。

第5章　野性的呼喚

抵達處女地

巴克五分鐘就賺了一千六百美金，還替桑頓還掉了債，讓他們可以去東部尋找傳說中的礦坑。

這個失落的古老礦坑，有很多人去找尋，卻只有少數的人找到，其他更多的人都是去了就再也沒有回來過了，是一個充滿悲劇和神祕色彩的地方。聽說那裡的金塊等級和其他地方完全不同，但卻從來沒有人帶回來過，因為去的人全都死了。儘管如此，桑頓、皮特和漢斯，還是帶著巴克和另外六隻狗前去挑戰這個沒人成功過的路線。

他們的雪橇在育空河上滑了七十英里後，往東轉向了斯圖爾特河，再經過麥奎斯滕河和梅奧前行，直到斯圖爾特河變成了小溪。

桑頓才不管之前的人如何，也不管那邊的環境如何，他對荒野沒有任何畏懼，只要帶著一巴鹽和一把來福槍，他就能像印地安人一樣在荒野中生存。

而巴克則是對這樣打獵、捕魚、四處遊蕩的日子，感到無限快樂。他們有時候會走上好幾個星期，有時候也會紮營在某處好幾個星期。他們有時候會挨餓，有時候也會大吃大喝，全都要看打獵的成果。

夏天時，狗和人會背起行囊，坐著木筏渡過高山湖泊，或是乘坐樹木做成的輕舟在不知名的河流上來來回回。

幾個月後，他們踏上了沒人來過的地方，在這沒人的地方探索著。然後到了秋天時，他們來到了一個奇怪的湖泊地區，這裡有過去動物留下的

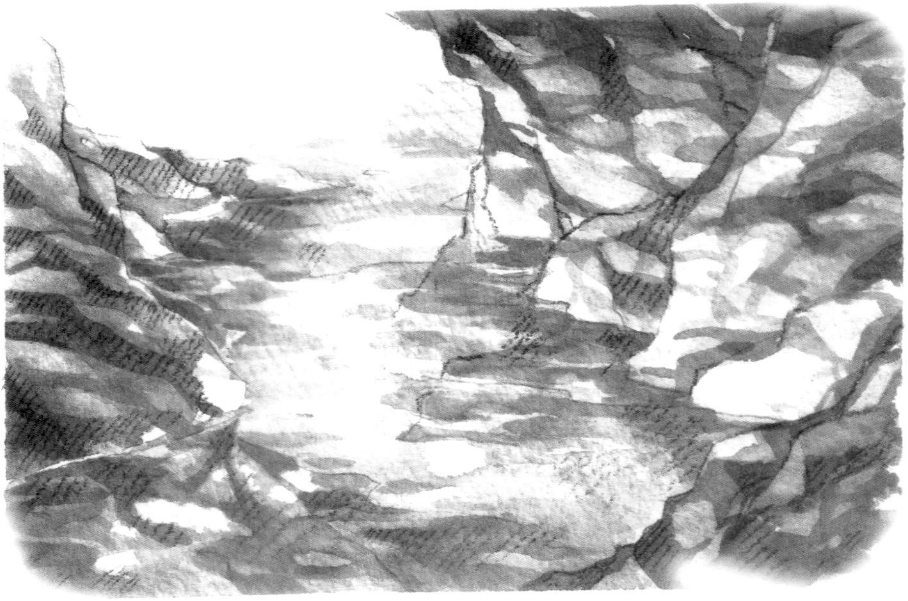

足跡，現在卻什麼動物也見不到，只有冷風吹著，陰涼處還結著冰，而湖邊則是打則淺淺的浪花。

接著又是冬天，他們來到了以前人走過的地方，卻沒有見到人。他們紮營在這裡，覺得失落的傳說應該就在附近，但一切都是未知。後來桑頓找到了已經被丟掉很長一段時間的手槍，而且是哈德遜灣公司早期的產品，

當春天再次來臨，他們在一座寬闊的山谷裡，發現了一條含

有金砂的河，於是他們不再探尋，決定在這裡停留。他們每天都能淘出價值上千美金的金砂和金塊，所以他們每天都淘著，把金子裝進北美麋皮做成的袋子裡，每五十磅裝一袋，結果堆起來跟柴火堆一樣高。

日子像作夢般一天天過去了，他們的財富也堆得越來越高了。

追尋神祕的呼喚

當人類忙著淘金，狗兒們就無事可做，所以巴克總是待在火堆邊沉思。在巴克的思緒裡，總會看到一個全身毛髮的短腿人，而牠也沒事做，就跟那個人到另一個世界裡四處遊蕩。

那個人看起來好像很害怕，因為當他睡在火邊時，巴克看到他雙手抱頭，把頭埋在膝蓋之間，而且睡得很不安穩，老是睡睡醒醒，這個時候，

他就會害怕的看一下暗處，然後為火堆加進一些柴火。當他們走在海灘時，他會撿拾貝殼來吃，而且眼睛好像在警戒什麼，到處亂看，隨時都準備要逃跑。雖然森林非常安靜，但那跟人跟巴克一樣，總是動動耳朵聽著，動動鼻子聞著。這個全身毛髮的短腿人還可以跳上樹，在樹林裡快速穿梭，用手臂吊盪在樹跟樹之間，就像在地上跑一樣快速。

跟全身毛髮的短腿人一起出現的還有那來自森林深處的呼喚，它讓巴克充滿了不安和陌生的欲望，也讓牠感受到一股模糊卻親切的愉悅。巴克可以意識到這股翻騰的渴望，卻不知道那是什麼。

巴克有時候會到森林裡去追尋那個呼喚，還會輕聲對它吠叫幾聲，就好像這個呼喚是有實體的東西。牠會在木頭上的苔蘚和長滿草的黑土上嗅來嗅去，享受肥沃土地帶來的氣味，然後把眼睛和耳朵都打開來，看著聽著周圍所有的動靜和聲音。巴克不知道自己為什麼要這樣做，但牠覺得自己必須這麼做。

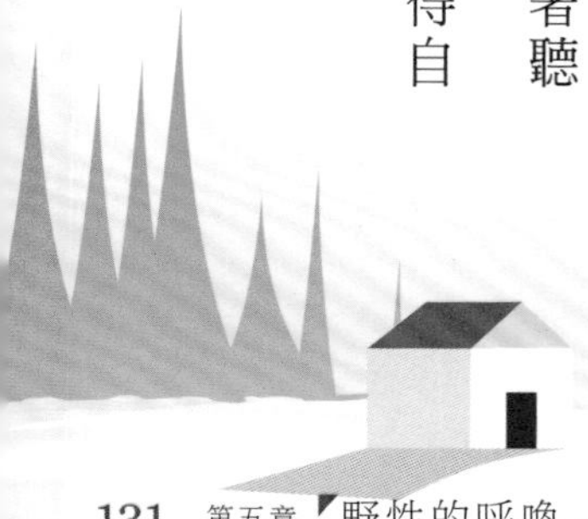

巴克有一股無法抗拒的衝動，當牠趴在營地時，牠會突然抬起頭來，豎起耳朵，仔細聆聽，然後跳起來衝刺，奔跑好幾個小時。牠會跑過森林小路，跑過長滿黑色植物的空間，也喜歡跑進乾涸的河道，悄悄走著，偷偷觀察樹林裡的鳥類。不過，牠特別喜歡在夏夜跑進朦朧的暮光中，傾聽森林柔和又慵懶的喃喃聲，或是觀察人類讀書時的表情和聲音，還有追尋那個無時無刻都在呼喚牠的神祕東西。

有天晚上牠從睡夢中驚醒，森林深處傳來了之前從來沒有出現過的清楚呼喚，一聲長長的嚎叫，聽起來很像哈士奇犬的嚎叫，卻又不是。但是巴克認得這種聲音，這種古老又熟悉的叫法，牠以前曾經聽過。於是巴克從營地快速衝進樹林裡，等牠接近聲音來源時，才放慢腳步。結果牠在一個樹林圍繞的空曠廣場上，見到一隻仰天長嚎的北美灰狼。

巴克雖然不動聲響，但還是被那隻灰狼發現了，於是牠停下了嚎叫。

巴克直接走向廣場，做出半蹲半伏的樣子，全身繃緊，讓尾巴翹得又直又硬，每個動作都帶著威嚇，同時卻也釋出善意，這通常是獵物在求饒時的動作。

不過，那隻狼還是跑掉了。

巴克隨後跟上，狂野的跳向前，然後跟著進入河床上的一條通道裡。結果那隻灰狼發現裡面被木頭擋住了去路，馬上轉身面對巴克，豎起毛髮，露出尖牙，威嚇著。不過巴克沒有攻擊牠，而是圍繞著牠，再度釋出善意。灰狼疑惑又害怕，因為巴克的體型是牠的三倍，牠的頭根本碰不到巴克的肩，所以牠又趁機逃跑了。

灰狼雖然沒有巴克健壯，但巴克想要趕上牠，也沒那麼容易，所以牠們不斷的追逐。

最後，巴克的執著終於獲得了回應。當灰狼發現巴克沒有想要傷害牠時，就靠近巴克嗅了嗅。於是牠們都變得友善多了，開始緊張又害羞的玩在一起。過了一會，牠們肩並肩的往河床跑去，來到河流分歧的峽谷。再沿著峽谷對面的斜坡跑，來到有許多河流的森林。

巴克的野性

幾個小時後，太陽高高升起，開始變得溫暖。

巴克非常高興，牠終於回應了那個呼喚，牠跟森林裡的狼兄一塊，跑向傳來呼喚的地方。這時巴克突然浮現一段久遠的記憶，牠感覺自己以前也曾像這樣，頭上有一片寬廣的天空，腳下踩著土地，自由的奔跑在曠野。

當牠們跑到溪邊喝水時，巴克想起了桑頓，於是坐了下來。那隻狼本來跑向了傳來呼喚的地方，見到巴克沒有跟上，就轉身跑向巴克，用鼻子

聞聞牠，做出催促牠的動作。但是巴克卻起身慢慢往回走，狼兄追上去對牠發出柔聲的哀鳴，然後坐了下來，開始抬頭對著天空嚎叫。當巴克堅定的離去時，牠聽見嚎叫聲越來越模糊，最後消失在森林裡。

當巴克衝回營地時，桑頓正在吃晚餐。巴克歡喜的跳到桑頓身上，舔他的臉，咬他的手，就像平常那樣，然後桑頓也抱著巴克的頭前後搖晃著。

之後的兩天兩夜，巴克都沒有離開營地，也沒有讓桑頓離開自己的視線。可是，森林深處又傳來了呼喚，之前從來沒有這麼強烈過，巴克坐立難安，滿腦子都是森林裡的狼兄弟和那片自然的景色。於是巴克再次遊蕩在森林裡，但狼兄卻再也沒有出現，巴克守了幾個夜，也沒有再聽到過嚎叫聲。

巴克開始在遠離營地的地方過夜，每次都是好幾天。有一次牠跨過峽谷，跑到溪流源頭的那片森林和河流，在那邊遊蕩了一個星期，也還是見

不到狼兄。一路上巴克為自己獵食，在一條寬闊的大河裡抓了很多鮭魚，還殺死了一頭大黑熊，喚醒了牠身上潛藏的凶性！

巴克變得比以前更渴望鮮血！牠是一個殺手，以獵捕求生，靠著自己的氣力獨立生存，這讓巴克感到自豪。巴克的口鼻和眼睛上有著散亂的棕色，胸口下方還有白色的毛髮，看起來就像一隻巨大的狼，因為牠有父親聖伯納犬的體型和重量，但也有母親牧羊犬的體態，所以口鼻像狼一樣修長，頭也比一般的狼來得寬大許多。牠不但有狼一般的靈巧，還擁有聖伯納犬和牧羊犬的智慧，以及牠在這野蠻環境中學到的經驗，讓巴克在這荒野成了可怕的怪物。

巴克是肉食動物，以吃肉為生，現在正處於生命中的全盛時期。當桑頓的大手撫摩在巴克的背上時，牠的毛髮因為靜電而啪啪作響。巴克的反應快如閃電，不管是抵禦攻擊還是發動攻擊，都跟哈士奇犬一樣迅速。當

其他的狗聽見或看見時，巴克已經用最短的時間做出了反應。

有一天，當時大家正看著巴克衝出營地時，桑頓說：「我從來沒見過這樣的狗！」

「上帝在創造巴克時，模子壞掉了。」皮特說。

「沒錯！我也是這麼想。」漢斯說。

他們看見巴克衝進森林，卻沒看到牠在森林裡的轉變。巴克在那裡會變成一頭野獸，像影子一樣無聲無息的偷取，因為牠知道各種偽裝方式。牠會像蛇一樣，貼著肚子爬行，然後跳躍攻擊，所以牠可以從鳥巢中捕捉獵物，也可以趁兔子睡覺時殺死牠。不過巴克的捕獵是為了填飽肚子，而不是為了遊戲。

獵殺美洲赤鹿

秋天來臨時，出現了大量的美洲赤鹿，牠們慢慢移動到高度比較低的山谷準備過冬，因為那裡的冬天會比較好過活。

巴克雖然已經捕獲了一頭還沒長大的小鹿，但是牠很希望能捉到更大、更難纏的獵物，所以有一天牠跑到了河流源頭的峽谷，在那裡看到了二十隻的美洲赤鹿群，牠們正要跨過河床走進森林裡，其中帶頭的是一頭巨大的老公鹿。

這頭性情凶暴的老公鹿有六英尺高，還有著樹枝狀的鹿角，正是巴克渴望遇到的對手。巴克只要被那鹿角撞到，可能就會沒命，所以巴克打算把牠和鹿群分開來對付，但這並不容易。不過巴克很有經驗，牠先冒險在鹿群前亂吼亂跳來激怒牠們，等老公鹿衝出來攻擊牠，牠就假裝逃跑把老公鹿引誘出來。不過，鹿群只要看到老公鹿受傷，就會有二三隻跑過來攻擊巴克，好讓老公鹿回去和鹿群會合，因此巴克要很有耐心的跟牠們纏鬥。耐心是野生動物的求生關鍵，誰先耗盡力氣倒下，誰就會沒命。

當老公鹿和鹿群會合，巴克就會上前拖延牠們的步伐，並藉由不斷騷擾小鹿來激怒公鹿，讓老公鹿再次衝出來攻擊自己，這樣牠就可以從四面八方發動進攻。

當一天過去了，鹿群還是無法擺脫這個不知疲倦的傢伙。於是在夜幕降臨時，失去耐心的鹿群越來越不想幫助帶頭的老公鹿，因為再這樣下去，牠們可能永遠都到不了過冬的地方。於是牠們拋下了這隻跑不動的老公鹿，自己往森林逃跑了。

老公鹿悲悽的看著鹿群遠離，自己卻怎麼也跟不上，心中滿是恐懼，因為巴克還是不放過牠。儘管這頭體重超過三百磅的公鹿曾經有過那麼強的生命力，也經歷過許多的戰鬥，但現在眼前這個高度不到牠膝蓋關節的

野獸，卻讓牠面臨了死亡。

從老公鹿被留下來的那一刻起，巴克不分日夜的盯著牠，不讓牠有機會休息，也不讓這頭受傷的公鹿有機會喝水解渴，於是公鹿憤怒的攻擊巴克，但巴克卻故意閃躲，讓牠白費力氣。最後老公鹿的頭垂得越來越低，蹣跚的步伐也越來越虛弱。

在第四天結束時，巴克終於要下手了，公鹿被巴克擊倒，然後巴克花了一天一夜把牠殺死吃掉，還好好的睡了一覺讓自己恢復體力。

發狂的巴克

休息過後，巴克起身轉頭往桑頓的營地跑去，牠知道家的方向，牠要回家了。

巴克一路跑著，在離營地三英里的地方，發現了新的蹤跡，而且一路往營地延伸過去，這發現讓巴克脖子上的毛髮全都豎了起來，牠急急忙忙的奔向營地，繃緊全身的神經。巴克的鼻子告訴牠這一路上發生了什麼事，森林變得靜悄悄的，鳥和松鼠都不見了蹤跡，牠只看到灌木叢中有一個灰色的身體，巴克靠近一看，發現是尼克，一支羽毛箭射穿了牠的身體，箭的兩端都露在身體外面。

再往前一百碼，巴克看到另一隻雪橇狗，是桑頓在道森買的，這隻狗是在生死搏鬥中被打死的。巴克沒有停留，繼續往營地前進，聽到營地傳

來許多聲響，還有哼歌的聲音。於是巴克匍匐前進到空地邊緣，看到漢斯趴在地上，身上的羽毛箭多到讓他看起來像豪豬一樣。這時巴克突然全身毛髮豎起，發出低吼，在牠意識到之前，牠已經奮不顧身的衝上前去，憤怒讓牠把計謀和理智全都拋到腦後，因為眼前看到的是失去了腦袋的桑頓。

正在小屋外面跳舞的印第安人，聽到恐怖的咆哮聲後，就看到一隻他們從沒見過的動物向他們撲來，撲在印第安人的酋長身上，撕開他的喉嚨後，又不停的撲向其他人，把每個人的喉嚨都撕開。

巴克瘋狂的撕咬著眼前的印第安人，沒有人能抓住牠！牠衝進人群中，撕扯他們、毀滅他們，動作十分迅速，完全無視向牠射來的箭。印第安人驚恐萬分的逃向森林，邊跑邊驚呼著：「魔鬼來了！魔鬼來了！」

巴克真的成了魔鬼的化身了。牠就像擊倒公鹿一樣，把那些逃往森林的印第安人一一擊倒。那些逃過一劫的印地安人，直到一星期後，才聚集在山谷中，悲傷的清點著傷亡人數。

最後回到營地的巴克，在皮特睡覺的地方找到了他，他面露驚恐死在毯子裡。地上全都是桑頓打鬥後留下的痕跡，巴克把每個地方都嗅了一遍，在水池邊找到了史吉特，牠忠心的戰鬥到了最後，然後在水池裡巴克找到了桑頓不見的部分。

巴克整天都在水池邊悶悶不樂，或在營地裡不停轉來轉去。牠知道桑

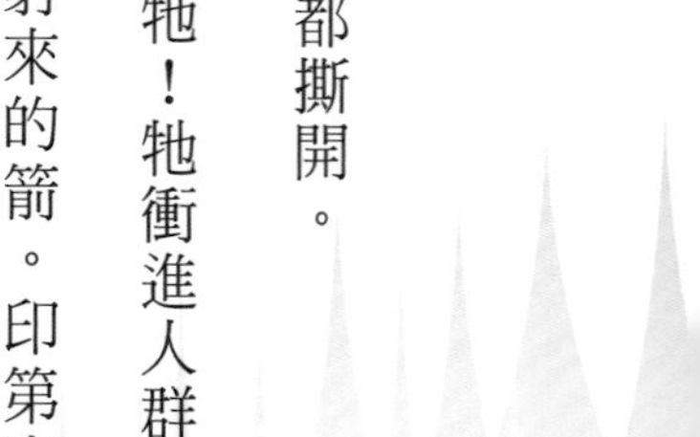

頓死了，這在牠心裡留下了一個空洞，這種感覺有點像飢餓，但是卻一直痛著，而且食物也無法填滿。只有當巴克看著印第安人的屍體時，牠才能暫時忘記這些疼痛，同時感受到一股前所未有的自豪。

牠殺人了！牠在棍棒和利牙的紀律下殺人了。

巴克覺得他們死得太容易了！比殺死一隻哈士奇犬還要容易，人類如果沒有弓箭、棍棒和標槍，根本就不是對手。

夜幕低垂，月光灑在大地上。隨著夜晚的到來，巴克在水池邊哀悼後，感覺有另一種新生活讓自己又活了過來，於是牠站了起來，用鼻子嗅了嗅，然後仔細用耳朵聽著。

狼群之歌

巴克聽到遠處傳來一陣尖銳的叫聲，隨後又跟了許多整齊的叫聲，而且聲音越來越近。巴克走到廣場中央聽著這熟悉的聲音，再一次喚醒了牠的記憶。這種呼喚的聲音聽起來比之前更加誘人，這次巴克決定要追隨，因為桑頓已經死了，牠跟人類的最後連結也斷了，現在已經沒有任何人和任何指令可以束縛牠了。

一群狼獵著遷徙的美洲赤鹿，最後跨過了河床和森林，入侵到了巴克所在的山谷，就像銀色的河流一樣，流進了月光下的廣場。

巴克待在廣場中央，等待狼群到來。狼群見到巴克心生畏懼，過了一會，才有一隻勇敢狼朝巴克衝過去，於是巴克像閃電一樣咬斷了牠的脖子，然後繼續留在原地不動。接著，又有三隻過來挑戰，結果每一隻都落敗退了回去，喉嚨和肩膀上的傷口還流著血。狼群最後一起衝上前去，巴克迅

速反擊，不讓任何一隻跨過牠的防禦。不過巴克為了不被狼群從身後偷襲，就主動退到了池邊，這樣牠只要小心前面就好了。

半小時後，狼群終於退下了，每一隻都傷痕累累。這時月光下一隻身材瘦長的狼走了出來，小心的對巴克釋出善意，然後巴克認出了牠，那是和牠一起跑了一天一夜的狼兄！牠們彼此輕聲呼喚，接著互相用鼻子碰了鼻子。

這時，一隻老狼走上前，巴克朝牠嗅了嗅，牠便坐下仰天長嚎了一聲，其他狼看了也跟著坐下來嚎叫。巴克知道這是在呼喚牠，於是於是牠也坐下來跟著嚎叫起來。

嚎叫停止後，巴克走上前去，讓狼群圍著牠，一一嗅著牠示好。

接著老狼帶頭嚎叫，轉身跑進森林裡，狼群也跟著嚎叫，隨牠一塊進入森林，就像大合唱一樣，然後巴克和牠的狼兄也肩並肩，一同叫著跑進了森林。

許多年後，印第安人發現森林裡的北美灰狼出現了品種上的變化，有

些狼的口鼻四周都出現了棕色的斑點，胸口下半部也出現了一道白色毛髮。但是更讓人在意的是，印第安人經常提到狼群後面總是跟著一隻鬼魅般的狗，他們非常害怕牠，因為牠不但會在嚴冬從營地偷走東西，還會掠奪他們、殺害他們的狗，輕視他們最勇敢的獵人，更糟的是有些沒有回家的獵人，最後都被發現死在森林裡，喉嚨被撕開，旁邊還有比狼還要大的腳印。

每年秋天，當印第安人在獵美洲赤鹿時，有一個山谷他們從來不敢進去。女人們只要提起那個地方就會感到悲傷，因為那裡據說是邪靈的住所。

夏天的時候，有人看到了似狼非狼的東西進入山谷，那裡流著金黃色的河，但是卻被雜草覆蓋，牠會走到那個森林中的廣場，在那個池邊沉思一會，然後在離開之前嚎叫一聲，那叫聲聽起來又長又悲悽。

但牠並不是永遠獨來獨往，在漫長的冬夜來臨時，狼群會跟著牠一塊出來打獵，牠會跑在狼群前面，跳躍在月光下，比其他狼都要來得巨大。當牠大聲唱起歌來，那就是一首年輕世界的狼群之歌。

眉毛：　　耳朵：　　嘴巴：

眼睛：　　鼻子：

眉毛：　　耳朵：　　嘴巴：

眼睛：　　鼻子：

眉毛：　　耳朵：　　嘴巴：

眼睛：　　鼻子：

③ 選擇一種你想模仿的動物，先在紙上畫出動物妝的圖案。

④ 對照畫好的圖案，開始照鏡子幫自己化妝吧！

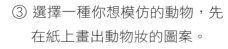

來畫萬聖節動物妝

每年十月三十一日是西洋萬聖節，也是妖魔鬼怪最接近人間的日子。萬聖節怎麼打扮才能與眾不同呢？發揮創意動手畫，把自己的臉化妝成喜歡的動物吧！

① 準備彩繪材料：人體彩繪專用顏料組（無毒，可用肥皂及水清洗）、眼線筆、眼影、唇膏。

② 仔細觀察動物的五官特徵及毛髮的花色，並寫在下面的表格中。

眉毛：　　　　鼻子：

眼睛：　　　　嘴巴：

耳朵：

珍愛名著選 4

野性的呼喚

The Call of the Wild

作　　者｜傑克・倫敦 Jack London
編　　著｜阮聞雪
插　　畫｜Beluga

總 編 輯｜徐昱
主　　編｜黃谷光
編　　輯｜巫芷紜
封面設計｜季曉彤
執行美編｜吳欣樺

出 版 者｜悅樂文化館
發 行 者｜悅智文化事業有限公司
地　　址｜新北市板橋區板新路 206 號 3 樓
電　　話｜02-8952-4078
傳　　真｜02-8952-4084
電子郵件｜insightndelight@gmail.com
粉絲專頁｜www.facebook.com/insightndelight

戶　　名｜悅智文化事業有限公司
郵政劃撥帳號｜19452608

2019 年 1 月 初版一刷　定價 280 元

國家圖書館出版品預行編目（CIP）資料

野性的呼喚 / 傑克 . 倫敦 (Jack London) 原著 ; 阮聞雪編著 ; Beluga 插畫 . -- 初版 . -- 新北市 : 悅樂文化館出版 : 悅智文化發行, 2019.01
160 面 ; 17×23 公分 . -- (珍愛名著選 ; 4)
譯自 : The call of the wild
ISBN 978-986-96675-5-5(平裝)

874.57　　107021810